金瓶梅詞話

萬曆本

十九

金瓶梅

第八十九回

清明節寡婦上新墳

第八十九回

清明節寡婦上新墳　吳月娘悞入永福寺

風拂烟籠錦旆揚　太平時節日初長
多添壯士英雄胆　善解佳人愁悶腸
三尺綉垂楊柳岸　一竿斜插杏花旁
男兒未遂平生志　且樂高歌入醉鄉

話說吳月娘次日備辦了一張祭卓猪首三牲羹飯冥紙之類封了一疋尺頭交大姐收拾一身縞素衣服坐轎子薛嫂兒押着祭禮先行來到陳宅門首只見陳經濟正在門首站立那薛嫂把祭禮交人抬進去經濟便問那里的薛嫂道了萬福說姐夫你休推不知你丈毋家來與你爹燒紙送大姐來了經濟便

道我髩髮合的纔是丈母正月十六日貼門神遲了半月。人也入了土。纔來上祭。薛嫂道。好姐夫。你丈母說。寡婦人沒腳蠏。不知你這里親家靈柩來家。遲了一步。休怪。正說着。只見大姐轎子。落在門首。經濟問是誰。薛嫂道。再有誰。你丈母心內不好。一者送大姐來家。二者敬與你爹燒紙。經濟罵道。趂早把淫婦抬回去。好的死了。萬萬千千。我要他做甚麽。薛嫂道。常言道。嫁夫着。你怎的說這個話。經濟道。我不要這淫婦了。還不與我走。那抬轎的。只顧站立不動。被經濟向前踢了兩腳。罵道。還不與我抬了去。我把花子腿砸折了。把淫婦髩毛都蒿淨了。那抬轎子的見他踢起來。只得抬轎子。往家中走不迭。比及薛嫂叫出他娘張氏來。轎子已抬的去了。薛嫂見沒奈何。收下祭禮。走來回

覆吳月娘。把吳月娘氣的一個發昏。說道恁個沒天理的。短命
囚根子。當初你家為了官事。躲來丈人家居住。養活了這幾年。
今日反恩將仇報起來了。恨起死鬼當初攬下的好貨在家里
弄出事來。到今日交我做臭老鼠。交他這等放屁辣臊。對着大
姐說孩兒。你是眼見的。丈人丈母。那些兒虧了他來。你活是他
家人。死是他家鬼。我家里也難以留你。你明日還去。休要怕他
料他挾不到你井里。他好胆子。恒是殺不了人。難道世間沒王
法管他。也怎的。當晚不題。到次日一頂轎子。交玳安兒跟隨着
把大姐又送到陳經濟家來。不想陳經濟不在家。往坟上替他
父親添上疊山子去了。張氏知禮。把大姐留下。對着玳安說。大
官到家。多多上覆親家。多多謝祭禮。休要和他一般兒見識他昨

日巳有酒了。故此這般。等我慢慢說他。一面管待玳安兒。安撫來家。至晚陳經濟坟上回來。看見了大姐。就行踢打。罵道淫婦你又來做甚麼。還是說我在你家雕飯吃。你家收着俺許多箱籠因此起的這大產業。不道的白養活了女壻。好的死了萬千。我要你這淫婦人。這大姐亦罵。没廉耻的囚根子。没天理的囚根子。淫婦出去。吃人殺了。没的禁。拿我煞氣。被經濟抹過頂髮儘力打了幾拳頭。他娘走來解勸。把他娘推了一交。他娘叫罵哭喊。說好囚根子。紅了眼。連我也不認的了。到晚上。一頂轎子把大姐又送將來。分付道。不討將寄放粧奩箱籠來家。我把你這淫婦活殺了。這大姐害怕。躲在家中居住。再不敢去了。有詩為証。

相識當初信有疑　心情還似永無涯
誰知好事多更變　一念翻成怨恨媒

這里西門大姐在家躲住。不敢去了。一日三月清明佳節。吳月娘備辦香燭金錢冥帋。三牲祭物酒肴之類。抬了兩大食盒。要往城外五里新坟上。與西門慶上新坟祭掃。留下孫雪娥和着大姐衆丫頭看家。帶了孟玉樓和小玉。并奶子如意兒。抱着孝哥兒。都坐轎子。往坟上去。又請了吳大舅和大妗子老公母二人同去。出了城門。只見那郊原野曠。景物芳菲。花紅柳緑。仕女遊人不斷頭的走的。一年四季。無過春天。最好景致。日謂之麗日。風謂之和風。吹柳眼。綻花心。拂香塵。天色暖謂之暄。天色寒謂之料峭。騎的馬謂之寶馬。坐的轎謂之香車。行的路謂之香徑。地下飛的土來謂之香塵。千花發蕊。萬草生芽。謂之春信。韶光淡蕩。淑景融和。小桃深粧臉妖嬈。嫩柳嬝宮腰細膩。百囀黃鸝驚回午夢。數聲紫燕。說破春愁。日舒長煖澡鵞黃。水渺茫浮香鴨綠。隔水不知誰院落。鞦韆高掛綠楊烟。端的春景。果然是好。到的春來。那府州縣道。與各處村鎮鄉市。都有遊玩去處。有詩爲証。

清明何處不生烟　郊外微風掛紙錢
人笑人歌芳草地　乍晴乍雨杏花天
海棠枝上綿鶯語　楊柳堤邊醉客眠
紅粉佳人爭畫技　綵繩搓拽學飛仙

却說吳月娘等轎子。到五里原墳上。玳安押着食盒。又早先到

厨下。生起火來。厨役落作整理不題。月娘與玉樓。小玉。奶子如
意兒。抱着孝哥兒。到於庄院客坐內坐下吃茶。等着吳大妗子
不見到。玳安向西門慶坟上祭臺上擺設卓面三牲羹飯祭物。
列下帋錢。只等吳大妗子。顧不出轎子來。約巳牌時分。總同吳
大舅顧了兩個驢兒騎將來。月娘便說。大妗子顧不出轎子來。
果然沒有轎子。一面吃了茶。換了衣服。走來西門慶坟前祭掃。
那月娘手拈着五根香。一根香他拿在手內。一根香遞與玉樓。
一根遞與奶子如意兒。抱着孝哥兒。那兩根遞與吳大舅大妗
子。月娘插在香爐內。深深拜下去說道。我的哥哥你活時爲人。
死後爲神。今日三月清明佳節。你的孝妻吳氏三姐。孟三姐。同
你周歲孩童孝哥兒。敬來與你坟前燒一陌錢帋。你保佑他長

命百歲。習你做坟前拜掃之人。我的哥哥。我和你做夫妻一塲。
想起你那模樣兒。并說的話來。是好傷感人也。只安把帋錢點
着。有哭山坡羊為証。
燒罷帋。小脚兒連蹤。奴與你做夫妻一塲。並沒個言差語錯。
實指望同諧到老。誰知你半路將奴拋却。當初人情看望全
然是我。今丢下銅斗兒家緣。孩兒又小。撇的俺子母孤孀。怎
生遣過。恰便似中途遇雨。半路裡遭風來。呵拆散了鴛鴦。生
撇斷與果。吽了聲好性兒的哥哥。想起你那動影行藏。可不
嗟嘆我。

帶步步嬌

燒的帋灰兒團團轉。不見我兒夫面。哭了聲年少夫。撇下嬌
兒。閃的奴孤單。咱兩無緣。怎得和你重相見。

玉樓向前揷上香。深深拜下。哭唱前腔。
燒罷紙。滿眼淚墮。吽了聲。人也天也。去的奴無有個下落。實承望和你白頭廝守。誰知道半路花殘月沒。大姐姐有兒童。他房里還好。悶的奴樹倒無陰。跟着誰過。獨守孤幃。怎生奈何。恰便似前不着店。後不着村里來呵。那是我葉落歸根。收園結果。吽了聲。年小的哥哥。要見你。只非夢兒里相逢。却不想念殺了我。

帶步步嬌

哭來哭去。哭的奴痴呆了。你一去了無消耗。思量好無下稍。無下稍。你正青春。奴又多嬌。好心焦。清減了花容月貌。

玉樓上了香。奶子如意抱着哥兒。也跪下上香。磕了頭。吳大舅。

大妗子。都炷了香。行畢禮數。同讓到庄上捲棚內。放卓席擺飯。收拾飲酒。月娘讓吳大舅。大妗子上坐。月娘與玉樓打橫。小玉和奶子如意兒。同大妗子家使的老姐蘭花。兩邊打橫列坐。把酒來斟。按下這里吃酒不題。却表那日周守備府里也上坟。先是春梅隔夜。和守備睡。假推做夢。睡夢中哭醒了。守備慌的問。你怎的哭。春梅便說。我夢見我娘向我哭泣。說養我一場。怎地不與他清明寒食燒帋兒。因此哭醒了。守備道。這個也是養女一場。你的一點孝心。不知你娘坟在何處。春梅道。在南門外。永福寺後面便是。守備說。不打緊。永福寺是我家香火院。明日咱家上坟。你教伴當抬些祭物。往那里與你娘燒分帋錢。也是好處。至此日。守備令家人收拾食盒酒果祭品。逕往城南祖坟。

上。那里有大庄院廳堂花園去處。那里有享堂祭臺。大奶奶。孫二娘。并春梅。都坐四人轎。排軍喝路。上坟耍子去了。却說吳月娘。和大舅。大妗子。吃了回酒。恐怕晚來。分付玳安來安兒收拾了食盒酒菓。先徃那十里長隄杏花村酒樓下。揀高阜去處。人烟熱鬧。那里設放卓席等候。又見大妗子沒轎子。都把轎子抬着。後面跟隨不坐。領定一簇男女。吳大舅牽着驢兒壓後同行。踏青遊玩。三里抹過桃花店。五里望見杏花村。只見那隨路上坟遊玩的王孫士女。花紅柳綠。鬧鬧喧喧。不斷頭的走。偏襯着日煖風和。尋芳問景。不知又多少。正走之間。也是合當有事。遠遠望見綠槐影里。一座菴院。盖造得十分齊整。但見。

山門高聳。梵宇清幽。當頭敕額字分明。兩下金剛形勢猛。五間大殿。龍鱗瓦砌碧成行。兩廊僧房。龜背磨磚花嵌縫。前殿塑風調雨順。後殿供過去未來。鐘鼓樓森立。藏經閣巍峩。旛竿高峻接青雲。寶塔依稀侵碧漢。木魚橫掛。雲板高懸。佛前燈燭熒煌。爐內香烟繚繞。幢幡不斷。觀音殿接祖師堂。寶蓋相連。鬼母位通羅漢院。時時護法諸天降。歲歲降魔尊者來。

吳月娘便問。這座寺叫做甚麽寺。吳大舅便說。此是周秀老爺香火院。名喚永福禪林。前日姐夫在日。曾捨幾十兩銀子在這寺中。重修佛殿。方是這般新鮮。月娘向大妗子說。咱也到這寺中看一看。於是領着一簇男女進入寺中來。不一時。小沙彌看見。報於長老知道。見有許多男女。便出方丈來。迎請施主菩薩隨喜。但見這長老。怎生模樣。

一個青旋旋光頭新剃把麝香松子勻搽黃烘烘直裰初縫
使沉速篆檀濃染山根鞋履是福州染到深青九縷絲絲係
西地買來真紫那和尚光溜溜一雙賊眼單睃趂施主嬌娘
這秃厮美甘甘滿口甜言專說誘喪家少婦淫情動處草菴
中去覓尼姑色胆發時方丈內來尋行者仰觀神女思同寢
每見嫦娥要講歡
這長老見吳大舅吳月娘向前合掌道了問訊連忙喚小和尚
開了佛殿請施主菩薩隨喜遊玩小僧看茶那小沙彌開了殿
門領月娘一簇男女前後兩廊叅拜觀看了一回然後到長老
方丈長老連忙點上茶來雪錠般盞兒甜水好茶吳大舅請問
長老道號那和尚笑嘻嘻說小僧法名道堅這寺是恩主帥府

周爺香火院。小僧忝在本寺長老。廊下管百十衆僧。後邊禪堂中。還有許多雲遊僧。行常串座禪。與四方檀越。答報功德。一面方丈中擺齋。讓月娘衆菩薩請坐。小僧一茶而已。月娘道。不當打攪長老寶刹。一面拿出五錢銀子。交大舅遞與長老。佛前請香燒。那和尚笑吟吟打問訊謝了。說道。小僧無甚管待。施主菩薩少坐。畧備一茶而已。何勞費心。賜與布施。不一時。小和尚放了卓兒。拿上素菜齋食。餅饊上來。那和尚在旁陪坐。舉筯兒。纔待讓月娘衆人吃時。忽見兩個青衣漢子。走的氣喘吁吁。暴雷也一般。報與長老。說道。長老還不快出來迎接。府中小奶奶來祭祀來了。慌的長老披袈裟。戴僧帽不迭。分付小沙弥連忙收了家活。請列位菩薩且在小房避避。打發小夫人燒了紙。祭畢去了。再款坐一坐不遲。吳大舅告辭。和尚死活留住。又不肯。於那和尚慌的鳴起鐘鼓來。出山門迎接。遠遠在馬道口上等候只見一簇青衣人。圍着一乘大轎。從東雲飛般來。轎夫走的個個汗流滿面。衣衫皆濕。那長老躬身合掌說道。小僧不知小奶奶前來。理合遠接接待遲了。勿䒙見罪。這春梅在簾內荅道。起動長老。那手下伴當。又早向寺後金蓮坟上。擡將祭卓來。擺設已久。紙錢列下。春梅轎子來到。也不到寺。逕入寺後白楊樹下。金蓮坟前。下了轎子。兩邊青衣人伺候。這春梅不慌不忙。來到坟前揷了香。拜了四拜。說道。我的娘。今日龐大姐特來與你燒陌紙錢。你好處生天。苦處用錢。早知你死在仇人之手。奴隨問怎的。也要來府中。和奴做一處。還是奴躭悞了你。悔巳是遲了。

說畢。令左右把紙錢燒了。這春梅向前。放聲大哭。有哭山坡羊爲証。

燒罷紙。把鳳頭鞋跌綻。叫了聲娘。把我肝腸兒叫斷。自因你逞風流。人多惱你。疾發你出去被仇人綠把你命兒坑陷。奴在深宅。怎得個自然。又無親。誰把你掛牽。實指望和你同床兒共枕。怎知道你命短無常。死的好可憐。叫了聲不睜眼的

青天。常言道好物難全。紅羅尺短。

這里春梅在金蓮墳上。祭祀哭泣不題。却說吳月娘在僧房內只知有宅內小夫人來到。長老出去山門迎接。又不見進來。問小和尚。和尚說。這寺後有小奶奶的一個姐姐。新近葬下。今日淸明節。特來祭掃燒紙。孟玉樓便道。怕不就是春梅來了。也不

止的月娘道他又那得個姐來死了瘞在此處又問小和尚這府里小夫人姓甚麼小和尚道姓龐氏前日與了長老四五兩經錢教替他姐姐念經薦拔生天玉樓道我聽見爹說春梅娘家姓龐叫龐大姐莫不是他正說話只見長老先走來分付小沙彌快看好茶不一時轎子抬進方丈二門里纔下轎月娘和玉樓衆人打僧房簾內望外張看怎樣的小夫人定睛仔細看時却是春梅但比昔時出落長大身材面如滿月打扮的淡粧玉琢頭上戴着冠兒珠翠堆滿鳳釵半卸穿大紅粧花襖兒下着翠藍縷金寬襴裙子帶着玎璫禁步比昔不同許多但見

寶髻巍峩鳳釵半卸胡珠環耳邊低掛金挑鳳鬢後雙插紅

綉襖偏襯玉香肌翠紋裙下映金蓮小行動處胷前搖响玉

玎璫坐下時。一陣麝蘭香噴鼻膩。粉粧成脖頸花鈿巧貼眉尖。舉止驚人。貌比幽花殊麗。姿容閑雅。性如蘭蕙溫柔。若非綺閣生成。定是蘭房長就。儼若紫府瓊姬離碧漢。蕋宮仙子下塵寰。

那長老一面撇簾子。請小夫人方丈明間內。上面獨獨安放一張公座椅兒。春梅坐下。長老叅見已畢。小沙彌拿上茶。長老遞茶上去。說道。今日小僧不知宅內上坟。小奶奶來這里祭祀。有失迎接。恕罪小僧。春梅道。外日多有起動長老誦經追薦。那和尚沒口子說。小僧豈敢。有甚殷勤補報恩主。多蒙小奶奶賜了許多經錢。襯施。小僧請了八衆禪僧。整做道場。看經禮懺一日。晚夕又多與他老人家裝些廂庫焚化。道場圓滿。緣打發三位管家進城。宅里回小奶奶話。春梅吃了茶。小和尚接下鐘盞來。長老只顧在旁。一遞一句與春梅說話。把吳月娘衆人。攔阻在內。又不好出來的。月娘恐怕天晚。使小和尚請下長老來要起身。那長老又不肯放。走來方丈禀春梅說。小僧有件事。禀知小奶奶。春梅道。長老有話但說無妨。長老道。適間有幾位遊玩娘子。在寺中隨喜。不知小奶奶來。如今他要回去。未知小奶奶尊意如何。春梅道。長老。何不請來相見。那長老慌的來請。吳月娘又不肯出來。只說長老不見天色晚了。俺每告辭去罷。長老見收了他布施。又沒管待。又意不過。只顧再三催促。吳月娘與孟玉樓。吳大妗子。推阻不過。只得出來。春梅一見便道。原來是二位娘。與大妗子。於是先讓大妗子轉上。花枝招颭。磕下頭去。慌的大妗子。還禮不迭。說道姐姐。今非昔日比。折殺老身。春梅道好大妗子。如何說這話。奴不是那樣人。尊卑上下。自然之理。拜了大妗子。然後向月娘孟玉樓插燭也似磕頭去。月娘玉樓亦欲還禮。春梅那里肯。扶起磕了四個頭。說不知是娘們在這里。早知也請出來相見。月娘道。姐姐你自從出了家門。在府中一向。奴多缺禮。沒曾看你。你休怪。春梅道。好奶奶。奴那里出身。豈敢說怪。因見奶子如意兒抱着孝哥兒。說道。哥哥也長的恁大了。月娘說。你和小玉過來。與姐姐磕個頭兒。那如意兒和小玉二人。笑嘻嘻過來。亦與春梅都半磕了頭。月娘道。姐姐你受他兩個一禮兒。春梅向頭上。拔下一對金頭銀簪兒來。插在孝哥兒帽兒上。月娘說。多謝姐姐簪兒。還不與姐姐唱個喏兒。如意兒抱着哥兒。眞個與春梅道了唱個喏。把月娘喜懽的要不得。玉樓說。姐姐。你今日不到寺中。咱娘兒們怎得遇在一處相見春梅道。便是。因俺娘他老人家。新埋葬在這寺後。奴在他手裡一場。他又無親無故。奴不記掛着。替他燒張紙兒。怎生過得去。月娘說。我記的你娘沒了好幾年。不知葬在這里。孟玉樓道。大娘。還不知龐大姐說話。說的潘六姐死了。多虧姐姐。如今把他埋在這里。月娘聽了。就不言語了。吳大妗子道。誰似姐姐這等有恩。不肯忘舊。還葬埋了。你逢節令。題念他來。替他燒錢化紙。春梅道。好奶奶。想着他怎生抬舉我來。今日他死的苦。是這般抛露丟下。怎不埋葬他。說畢。長老教小和尚放卓兒。擺齋上來。兩張大八仙卓子。蒸酥煠餅饊點心。各樣素饌菜蔬。堆滿春臺。

絶細金芽雀舌。甜水好茶。衆人吃了。收下家活去。吳大舅自有僧房管待。不在話下。孟玉樓起身。心里要往金蓮坟上看看。替他燒張帋。也是姊妹一塲。見月娘不動身。拿出五分銀子。教小沙彌買帋去。長老道。娘子不消買去。我這里有金銀紙。拿幾分燒去。玉樓把銀子遞與長老。使小沙彌領到後邊白楊樹下。金蓮坟上見。三尺坟堆一堆黄土。數柳青蒿。上了根香。把紙錢點着。拜了一拜。說道六姐。不知你埋在這里。今日孟三姐悞到寺中。與你燒陌錢帋。你好處生天。苦處用錢。一面取出汗巾兒來。放聲大哭。有哭山坡羊爲証。

燒罷帋。淚珠兒亂滴。叫六姐一聲。哭的奴一絲兒兩氣。想當初。咱二人不分個彼此。做姊妹一塲。並無面紅面赤。你性兒强。我常常兒的讓你。一面兒不見。不是你尋我。我就尋你。恰便相比目魚。雙雙熱粘在一處。忽被一陣風。咱分開來喋。共樹同栖。一旦各自去飛。叫了聲六姐。你試聽知。可惜你一段兒聰明。今日埋在土裡。

那奶子如意兒。見玉樓往後邊。也抱了孝哥兒來看一看。月娘在方丈內和春梅說話。教奶子休抱了孩子去。只怕諕了他。如意兒道。奶奶不妨事。我知道。徑抱到坟上。看玉樓燒帋哭罷。回來。春梅和月娘勻了臉。換了衣裳。分付小伴當將食盒打開。將各樣細菓甜食餚品。點心攢盒。擺下雨卓子。布甑內篩上酒來。銀鐘牙筯。請大妗子月娘玉樓上坐。他便主位相陪。奶子小玉老姐。雨邊打橫。吳大舅。另放一張卓子在僧房內。正飲酒中間。

忽見兩個青衣伴當。走來跪下。禀道。老爺在新庄。差小的來請
小奶奶看襍耍調百戲的。大奶奶。二奶奶。都去了。請奶奶快去
哩。這春梅不慌不忙。說你同去。知道了。那二人應諾下來。又不
敢去。在下邊等候。且待他陪完。大妗子月娘便要起身。說姐姐
不可打攪。天色晚了。你也有事。俺每去罷。那春梅那里肯放。只
顧令左右將大鍾來勸道。咱娘兒們會少離多。彼此都見長着。
休要斷了這們親路。奴也沒親沒故。到明日娘好的日子。奴往
家里走走去。月娘道。我的姐姐。說一聲兒就勾了。怎敢起動你。
容一日。奴去看姐姐去。飲過一杯。月娘說我酒勾了。你大妗子
沒轎子。十分晚了。不好行的。春梅道。大妗子沒轎子。我這里有
跟隨小馬兒。撥一疋與妗子騎。送了家去。一面收拾起身。春梅

吽過那長老來。令小伴當拿出一疋大布。五錢銀子與長老。長老拜謝了。送出山門。春梅與月娘拜別。看着月娘玉樓衆人上了轎子。他也坐轎子。兩下分路。一簇人跟隨。唱着道徃新庄上去了。正是

樹葉還有相逢處　豈可人無得運時

畢竟未知後來如何。且聽下回分解。

第九十回　來旺盜拐孫雪娥

雪娥受辱守備府

第九十回

來旺盜拐孫雪娥　雪娥官賣守備府

花開花落開又落　錦衣布衣更換着
豪家未必常富貴　貧人未必常寂寞
扶人未必上青天　推人未必塡溝壑
勸君凡事莫怨天　天意與人無厚薄

話說吳大舅。領着月娘等一簇男女。離了永福寺。順着大樹長堤前來。玳安又早在杏花村酒樓下邊。人烟熱鬧。揀高阜去處那里幕天席地。設下酒殽等候多時了。遠遠望月娘衆人轎子到了。問道。如何咱纔來。月娘又把永福寺中遇見春梅。告訴一遍。不一時。斟上酒來。衆人坐下。正飲酒。只見樓下香車綉轂往

來人烟喧襍車馬轟雷笙歌鼎沸月娘衆人躧着高阜把眼觀
看看見人山人海圍着都看教師走馬耍解的原來是本縣知
縣相公兒子李衙內名喚李拱壁年約三十餘歲見爲國子上
舍一生風流博浪懶習詩書專好鷹犬走馬打毬蹴踘常在三
瓦兩巷中走人稱他爲李棍子那日穿着一弄兒輕羅軟滑衣
裳頭戴金頂纏棕小帽脚踏乾黃靴納綉襪口同廊史何不違
帶領二三十好漢拏彈弓吹筒毬棒在於杏花庄大酒樓下看
教塲李貴走馬賣解竪肩樁隔肚帶輪鎗舞棒做各樣技藝頑
耍有這許多男女圍着烘笑那李貴諢名號爲山東夜义頭戴
萬字巾腦後撲匾金環身穿紫窄衫銷金裹肚脚上䩞踢腿絣
乾黃䩞靴五彩飛魚襪口坐下銀鬃馬手執朱紅桿明鎗頭招

風令字旗。在街心扳鞍上馬。高聲說念一篇道。
我做教師世罕有。江湖遠近揚名久。雙拳打下如錘鑽。兩脚入來如飛走。南北兩京打戲臺。東西兩廣無敵手。分明是個鐵嘴行。自家本事何曾有。少林棍。只好打田雞。董家拳。只好嚇小狗。撞對頭不敢喊一聲。沒人處專會誇大口。騙得銅錢放不牢。一心要折章臺柳。虧了北京李大郎。養我在家爲契友。蘸生醬喫了半畦蒜。捲春餅喫了兩擔韭。小人自來生得饞。寅時吃酒直到酉。牙齒疼。把來剉一剉。肚子脹。將來扭一扭。充饑吃了三斗米飯。點心吃了七石缸酒。多虧了此人未得酧。來世做隻看家狗。若有賊來掘壁洞。把他陰囊咬一口。
問君何故咬他囊。動不的手來只動口。

當下李衙內。一見那長挑身材婦人。不覺心搖目蕩。觀之不足。看之有餘。口中不言。心內暗道。不知誰家婦女。有男子沒有。一面叫過手下答應的小張閑架兒來。悄悄分付你去那高坡上打聽。那三個穿白的婦人。是誰家的。訪得是實。告我知道。那小張閑。掩口應諾。雲飛跑去。不多時走到跟前。附耳低言。回報說如此這般。是縣門前西門慶家妻小。一個年老的姓吳。是他嫂子。一個五短身材。是他大娘子吳月娘。那個長挑身材。有白麻子的。是第三個娘子。姓孟名喚玉樓。如今都守寡在家。這李衙內聽了。獨看守孟玉樓。重賞小張閑。不在話下。吳大舅和月娘眾人。觀看了半日。見日色銜山。令玳安收拾了食盒。攛掇月娘上轎回家。一路上得多少錦巒郎搖羅袖醉。綺羅人揭綉簾看。

有詩爲証

柳底花陰壓路塵　一回遊賞一回新
有緣千里來相會　無緣對面不相親

這月娘衆人回家不題。却說那日孫雪娥與西門大姐在家。午後時分無事。都出大門首站立。也是天假其便。不想一個搖驚閨的過來。那時賣胭脂粉花翠生活磨鏡子。都搖驚閨。大姐說。我鏡子昏了。使平安兒叫住那人。與我磨磨鏡子。那人放下擔兒。說道我不會磨鏡子。我賣些金銀生活。首飾花翠。站立在門前。只顧眼上眼下看着雪娥。雪娥便道。那漢子。你不會磨鏡子。去罷。只顧看我怎的。那人說。雪姑娘。大姑娘。不認的我了。大姐道眼熟。急忙想不起來。那人道。我是爹手裏出去的來旺兒。雪娥便道。你這幾年在那里來。怎的不見出落得恁胖了。來旺兒道。我離了爹門到。原籍徐州家裏閑着沒營生。投跟了個老爹上京來做官。不想到半路里。他老爺兒死了。丁憂家去了。我便投在城內顧銀鋪。學會了此銀行手藝。揀鈒大器頭面。各樣生活。這兩日行市遲。顧銀鋪教我挑副擔兒出來。街上發賣些零碎。看見娘們在門首。不敢來相認。恐怕踅門瞭戶的。今日不是你老人家叫住。還不見相認。雪娥道。原來教我只顧認了半日。白想不起。既是舊兒女。悄怎的。因問你擔兒裏賣的是甚麼生活。挑進裏面。等俺每看一看。那來旺兒。一面把擔兒挑入裏邊院子里來。打開箱子。用匣兒托出幾件首飾來。金銀箱嵌不等。打造得十分奇巧。但見。

孤鴈啣蘆。雙魚戲藻。牡丹巧嵌碎寒金。猫眼釵頭火熖蠟也有獅子滾綉毬。駱駝獻寶。滿冠擎出廣寒宮。掩鬢鑿成桃源境。左右圍髮利市相對荔枝叢。前後分心。觀音盤膝蓮花座。也有寒雀爭梅。也有孤鸞戲鳳。正是絲環平安珥珊綠帽項高嵌佛頭青。

看了一回。問來旺兒。你還有花翠拏出來。那來旺兒。又取一盒子。各樣大翠鬢花。翠翹滿冠。并零碎草蟲生活來。大姐揀了他兩對鬢花。這孫雪娥便留了他一對翠鳳。一對柳穿金魚兒。大姐便稱出銀子來與他。雪娥兩件生活。欠他一兩二錢銀子。約下他明日早來取罷。今日你大娘不在家。因你三娘和哥兒都往墳上與你爹燒紙去了。來旺道我去年在家裏就聽見人說

爹死了。大娘子生了哥兒怕不的好大了。雪娥道你大娘孩兒
如今纔周半兒。一家兒大大小小。如寶上珠一般。全看他過日
子哩。說話中間來昭妻一丈青出來。傾了盞茶與他吃。那來旺
兒接了茶。與他唱了個喏。劉昭也在跟前。同敘了回話。分付你
明日來見見大娘。那來旺兒挑擔出門。到晚上。月娘衆人轎子
來家。雪娥大姐。衆人丫鬟接着都磕了頭。玳安跟盒擔走不上。
雇了疋驢兒騎來家。打發拾盒入去了。月娘告訴雪娥大姐說。
今日寺裏遇見春梅一節。原來他把潘家的就葬在寺後首。俺
們也不知他來替他娘燒紙。慌打慌撞遇見他娘兒們又認了
回親。先是寺裏長老擺齋吃了。落後又放下兩張卓席。教伴當
擺上他家的四五十攢盒。各樣菜蔬下飯篩酒上來。通吃不了。

他看見哥兒。又與了一對簪兒。好不和氣。起解行三坐五坐着大轎子。許多跟隨。又且是出落的。比舊時長大了好些。越發白胖了。吳大妗子道。他倒也不改常忘舊。那咱在咱家時。我見他比衆丫鬟。行事兒正大。說話兒沉穩。就是個才料兒。你看今日福至心靈。恁般造化。孟玉樓道。姐姐沒問他。我問他來。果然半年沒洗換身上。懷着喜事哩。也只是八九月里孩子。守備好不喜懽哩。薛嫂兒說的。倒不差。說了一回。雪娥題起。今日娘不在。我和大姐在門首。看見來旺兒。原來又在這里學會了銀匠。挑着担兒賣金銀生活花翠。俺每就不認得他了。買了他幾枝花翠。他問娘來。我說徃墳上燒帋去了。月娘道。你怎的不教他等着我來家。雪娥道。俺們叫他明日來。正坐着說話。只見奶子如意兒。向前對月娘說。哥兒來家。這半日只是昏睡不醒。口中出冷氣。身上湯燒火熱的。這月娘聽見慌了。向炕上抱起孩兒來。口揾着口兒。果然出冷汗。渾身發熱。罵如意兒。好淫婦此是轎子冷了孩兒了。如意兒道。我拿小被兒褁的沒沒的。怎得凍着。月娘道。再不是抱了往那死鬼坟上諕了他來了。那等分付教你休抱他去。你不依浪着抱的去了。如意兒道。早是小玉姐看着。抱了他到那里看看就來了。幾時諕着他來。月娘道。別要說嘴。看那看見便怎的。却把他諕了。即忙叫來安兒快請劉婆子去。不一時劉婆來到。看了脉息。抹了身上。說着了些驚寒。撞見祟禍了。留了兩服硃砂丸。用姜湯灌下去。分付奶子摟着他熱炕上睡。到半夜出了些冷汗。身上纔涼了。於是管待劉婆子吃了茶。與了他三二錢銀子。吽他明日還來看看。一家子慌的要不的。開門闔戶。整亂了半夜。却說來旺。次日依舊挑將生活擔兒來到西門慶門首。與劉昭喏。說昨日雪姑娘。留下我些生活許下今日。教我來取銀子。就見見大娘。劉昭道。你且去看。改日來。昨日大娘來家。哥兒不好。吽醫婆太醫看下藥。整亂一夜。好不心焦。今日纔好些。那得工夫稱銀子與你。正說着只見月娘玉樓雪娥。送出劉婆子來。到大門首。看見來旺兒。那來旺兒扒在地下。與月娘玉樓磕了兩個頭。月娘道。幾時不見你。就不來這里走走。來旺兒悉將前事說了一遍。要來不好來的。月娘道舊兒女人家。怕怎的。你爹又沒了。當初只因潘家那淫婦。一頭放火。一頭放水。架的舌把個好媳婦兒。生逼臨的弔死了。將有作没。把你墊發了去。今日天也不容他。往那去了。來旺兒道。也說不的。只是娘心裏明白就是了。說了回話。月娘問他賣的是甚樣生活。拏出來瞧。揀了他幾件首飾。該還他三兩二錢銀子都用等子稱了與他。叫他進入儀門裏面。分付小玉。取一壺酒來。又是一般點心。教他吃。那雪娥在廚上。一力攛掇。又熱了一大碗肉出來與他吃的酒飯飽了。磕頭出門。月娘玉樓。衆人歸到後邊去。雪娥獨自悄悄和他打話。你常常來走着。怕怎的。奴有話。教劉昭嫂子對你說。我明日晚夕在此儀門裏。紫墻兒跟前。耳房內等你。兩個遞了眼色。這來旺兒就知其意。說這儀門晚夕關不關。雪娥道。如此這般。你來先到劉昭屋裏。等到晚夕。踩着梯櫈。越過墻。順着遮隔。我這邊接你下來。咱二人會合一面。還有底細話與你說。這來旺得了此話。正是懽從額起。喜向腮生。作辭雪娥。挑担兒出門。正是不着家神。弄不得家鬼。有詩為証。

閑來無事倚門闌　偶遇多情舊日緣
對人不敢高聲語　故把秋波送幾番

這來旺兒懽喜回家。一宿無話。到次日。也不挑担兒出來賣生活。慢慢踅來西門慶門首。等劉昭出來。與他唱喏。那劉昭便說。旺兒希罕。好些時不見你了。來旺兒說沒事閑來走走。裡邊雪姑娘少我幾錢生活銀討討。劉昭道。既如此。請來屋裡坐。把來旺兒讓到房里坐下。來旺兒道嫂子怎不見。劉昭道。你嫂子今日後邊上灶哩。那來旺兒。拿出一兩銀子。遞與劉昭說這幾星銀子。取壺酒來和哥嫂吃。劉昭道。何消這許多。即叫他兒子鐵棍兒過來。那鐵棍弔起頭去。十五歲了。拿壺出來。打了一大注酒。使他後邊叫一丈青來。不一時。一丈青蓋了一錫鍋熱飯。一大碗雜熬下飯。兩碟菜蔬。說道。好呀。旺官兒在這里。劉昭便拿出銀子與一丈青瞧。說。兄弟破費也。打壺酒咱兩口兒吃。一丈青笑道。無功消受。怎生使得。一面放了炕桌。讓來旺炕上坐。擺下酒菜。把酒來斟。來旺兒先傾頭一盞。遞與劉昭。次斟一盞。與一丈青。深深唱喏。說。一向不見哥嫂。這盞水酒。孝順哥嫂。一丈青便說。哥嫂不道酒肉吃傷了。你對真人。休說假話。裡邊雪姑娘。昨日已央及達知我了。你兩個舊情不斷。托俺每兩口兒。如此這般周全。你每休推睡里夢里。要問山下路。且得過來人。你若入港相會有東西出來休要獨吃須把些汁水教我呷一呷俺替你們須躭許多利害那來旺便跪下說只是望哥嫂周全並不敢有忘說畢把酒吃了一回一丈青往後邊和雪娥答了話出來對他說約定晚上來劉昭屋裏窩藏待夜裏關上儀門後邊人歇下越墻而過於中取事有詩為証

報應本無私　影響皆相似
要知禍福因　但看所為事

這來旺得了此言回來家巴不到晚趕到劉昭屋裡打酒和他兩只兒吃至更深時分更無一人覺的直待的大門關了後邊儀門上了拴家中大小歇息定了彼此都有個暗號兒只聽墻內雪娥咳嗽之聲這來旺兒躧着梯凳黑影中扒過粉墻順着

遮洋揮了。雪娥那邊用櫈子接着。兩個在西耳房堆馬鞍子去
處。兩個相摟相抱。雲雨做一處。彼此都是曠夫寡女。慾心如火
那來旺兒纓鎗強壯。盡力般弄了一回。樂極精來。一泄如注。事
畢。雪娥遞與他一包金銀首飾。幾兩碎銀子。兩件段子衣服。分
付明日晚夕你再來。我還有些細軟與你。你外邊尋下安身去
處。往後這家中過不出好來。不如我和你悄悄出去。外邊尋下
房兒。成其夫婦。你又會銀行手藝。愁過不得日子。來旺兒便說
如今東門外細米巷。有我個姨娘。有名收生的屈老娘。他那里
曲彎小巷。倒避眼。咱兩個投奔那里去。避些時。看無動靜。我帶
你往原籍家。買幾畝地種去也好。兩個商量已定。這來旺兒作
別雪娥。依舊扒過墻來。到劉昭屋裏。等至天明。開了大門。挨身

出去到黃昏時分又來門首趕入劉昭屋裏晚夕依舊跳過墻去兩個幹事朝來暮往非止一日也抵盜了許多細軟東西金銀器皿衣服之類劉昭兩口子也得抽分好些肥已俱不必細說一日後邊月娘看孝哥兒出花兒心中不快睡得早這雪娥房中使女中秋兒原是大姐使的因李嬌兒房中元宵兒被經濟要月娘就把中秋兒與了雪娥把元宵兒扶侍大姐那一日雪娥打發中秋兒睡下房裏打點一大包釵環頭面裝在一個匣內用手帕蠻蓋了頭隨身衣服約定來旺兒在劉昭屋裏等候兩個要走這劉昭便說不爭你走了我看守大門管放水鴨兒若大娘知道問我要人怎了不如你二人打房上去就躧破些瓦還有踪跡來旺兒道哥也說得是雪娥又留一個銀折盂一

根金耳斡。一件青綾襖。一條黃綾裙謝了他兩口兒直等五更鼓月黑之時。隔房扒過去劉昭夫婦。又篩上兩大鍾煖酒與來旺雪娥吃。說吃了好走路上壯膽些。吃到五更時分每人拏着一根香。躧着梯子。打發兩個扒上房去。一步一步走把房上。瓦也跳破許多。比及扒到房簷跟前街上人還未行走聽巡捕的聲音。這來旺兒先跳下去後却教雪娥躧着他肩背。接摟下來。兩個往前邊走。到十字路口上。被巡捕的攔住便說往那里去的男女。雪娥便諕慌了手脚。這來旺兒不慌不忙把手中官香彈了一彈。說道。俺是夫婦二人前往城外岳廟裏燒香起的早了些。長官勿恠。那人問背的包袱內是甚麼。來旺兒道是香燭紙馬。那人道。既是兩口兒岳廟燒香也是好事你快去罷這來

旺兒得不迭一聲拉着雪娥往前飛走走到城下城門纔開打
人鬧里挨出城去轉了幾條街巷原來細米巷在個僻靜去處
住着不多幾家人家都是矮房低厦後邊就是太水穴沿子到
於屈姥姥家屈姥姥還未開門叫了半日屈姥姥纔起來開了
門見來旺兒領了個婦人來原來來旺兒本姓鄭名喚鄭旺說
這婦人是我新尋的妻小姨娘這里有房子且尋一個寄住些
時再尋房子遞與屈姥姥三兩銀子教買柴米那屈姥姥見這
金銀首飾來因可疑他兒子屈鏜因他娘屈姥姥安歇鄭旺夫
妻二人帶此東西夜晚見財起意掘開房門偷盜出來耍錢致
被捉獲具了事件拏去本縣見官李知縣見係賊贓之事贓物
執儀見在差人押着屈鏜到家把鄭旺孫雪娥一條索子都拴

了。那雪娥諕的臉蠟查也似黄了。換了滲淡衣裳。帶着眼紗。把手上戒指都勒下來。打發了公人。押去見官。當下烘動了一街人觀看。有認得的。說是西門慶家小老婆。今被這走出去的小厮來旺兒。今改名鄭旺。通姦拐盜財物。在外居住。又被這屈鐺掏摸了。今事發見官。當下一個傳十。十個傳百個路上行人口似飛。月娘家中。自從雪娥走了。房中中秋兒見廂內細軟首飾都沒了。衣服丟的亂三攪四。報與月娘。月娘吃了一驚。便問中秋兒。你跟着他睡走了。你豈令不知。中秋兒便說。他要晚夕。悄悄偷走出外邊。半日方回。不知詳細。月娘又問劉昭。你看守大門。人出去。你怎不曉的。劉昭便說。大門每日上鎖。莫不他飛出去。落後看見房上瓦壠破許多。方知越房而去了。又不敢使人躧訪。只得按納合忍。不想本縣知縣。當堂問理這件事。先把屈鏜夾了一頓。追出金頭面四件。銀首飾三件。金環一雙。銀鐘二個。碎銀五兩。衣服二件。手帕一個。匣一個。向鄭旺名下。追出銀三十兩。金碗簪一對。金仙子一件。戒指四個。向雪娥名下。追出金挑心一件。銀鐲一付。金鈕五付。銀簪四對。碎銀一包。屈姥姥名下。追出銀三兩。就將來旺兒問擬奴婢因奸盜取財物。屈鏜係竊盜。俱係雜犯死罪。准徒五年。贓物入官。雪娥孫氏係西門慶妾。與屈姥姥當下都當官拶了一拶。屈姥姥供明放了。雪娥責令本縣差人到西門慶家。教人遞領狀領孫氏。那吳月娘叫吳大舅來商議。已是出醜。平白又領了來家做甚麼。沒的玷辱了家門。與死的裝幌子。打發了公人錢。回了知縣話。知縣拘將官媒人來當官辨賣。却說守備府中。春梅打聽得知。說西門慶家中孫雪娥如此這般。被來旺兒拐出。盗了財物去。在外居住。事發到官。如今當官辨賣。這春梅聽見。要買他來家上皂。要打他嘴。以報平昔之仇。對守備說。雪娥善能上灶。會做的好茶飯湯水。買來家中伏侍。這守備。即便差張勝。李安。拿帖兒對知縣說。知縣自恁要做分上。只要八兩銀子官價。交完銀子。領到府中。先見了大奶奶。并二奶奶孫氏。次後到房中。來見春梅。春梅正在房里。纍金床。錦帳之中。纔起來。手下丫鬟。領雪娥見面。那雪娥見是春梅。不免低身進見。入望上倒身下拜。磕了四個頭。這春梅。把眼瞪一瞪。喚將當直的家人媳婦上來。與我把這賤人。撮去了鬏髻。剥了上蓋衣裳。打入廚下。與我燒火做飯。這雪娥聽了。口中只叫苦。自古世間打墻板兒翻上下。掃米却做管倉人。既在他簷下。怎敢不低頭。孫雪娥到此地步。只得摘了髻兒。換了艷服。滿臉悲慟。往廚下去了。有詩爲証。

布袋和尚到明州　策杖芒鞋任意遊
饒你化身千百億　一身還有一身愁

畢竟未知後來如何。且聽下回分解。

第九十一回　孟玉樓思嫁李衙內

李衙内怒打玉簪兒

新刻金瓶梅詞話卷之十

第九十一回

孟玉樓愛嫁李衙内　李衙内怒打玉簪兒

百歲光陰疾似飛　其間花景不多時
秋凝白露蛩螿泣　春老黃昏杜宇啼
富貴繁華身上孽　功名事跡目中魑
一場春夢由人做　自有青天報不欺

話說一日陳經濟。聽見薛嫂兒說西門慶家孫雪娥被來旺因姦抵盜財物。拐出在外事發。本縣官賣被守備府里買了。朝夕受春梅打罵。這陳經濟。乘着這個因由。使薛嫂兒往西門慶家對月娘說。只是經濟風里言。風里話。在外聲言發話。說不要大姐。寫了狀子。巡撫巡按處。要告月娘說。西門慶在日。收着他父親寄放許多金銀箱籠細軟之物。這月娘一來因孫雪娥被來旺兒盜財拐去。二者又是來安兒小廝走了。三者家人來興媳婦惠秀家又死了。剛打發出去。家中正七事八事。聽見薛嫂兒來說此話。諕的慌了手脚。連忙顧轎子。打發大姐家去。但是大姐床奩箱廚陪嫁之物。交玳安顧人。都擡送到陳經濟家。經濟說這是他隨身嫁我的床帳粧奩。還有我家寄放的細軟金銀箱籠。須索還我。薛嫂道。你大丈母說來。當初丈人在時。止收下這個床奩嫁粧。並沒見你的別的箱籠。經濟又要使女元宵兒。薛嫂兒和玳安兒。來對月娘說。月娘說道不肯把元宵與他。說這丫頭是李嬌兒房中使的。如今沒人看哥兒。留着早晚看哥兒哩把中秋兒打發將來說原是買了扶侍大姐的這經濟又不要中秋兒兩頭回來只交薛嫂兒走他娘張氏便向玳安說哥哥你到家頂上你大娘你家姐兒們豈可希罕這個使女看守既是與了大姐房里好一向你姐夫已是收用過他了你大娘只顧留怎的玳安一面到家把此話對月娘說了月娘無言可對只得把元宵兒打發將來經濟這里收下滿心歡喜說道可怎的也打我這條道兒來正是饒你奸似鬼也吃我洗脚水按下一頭却來一處單說李知縣兒子李衙內自從清明郊外那日在杏花庄酒樓看見月娘孟玉樓兩口一般打扮生的俱有姿色使小張閑打聽回報俱是西門慶妻小衙內有心愛孟玉樓見生的長挑身材瓜子面皮面上稀稀有幾點白麻子兒模

樣兒風流俏麗。原來衙內喪偶。鰥居已久。一向着媒婦。各處求
親。多不遂意。及有玉樓。終有懷心。無門可入。未知嫁與不嫁。從
違如何。不期雪娥緣事在官。已知是西門慶家出來的。周旋委
曲。在伊父案前。將各犯用刑研審。追出賍物數目。稽其來領。月
娘害怕。又不使人見官。衙內失望。因此纔將賍物入官。雪娥官
賣。至是衙內謀之于廊吏。何不違。徑使官媒婆陶媽媽。來西門
慶家。訪求親事。許說成此門親事。免縣中打卯。還賞銀五兩。這
陶媽媽聽了。喜歡的疾走如飛。一日到于西門慶門首。劉昭正
在門首立。只見陶媽媽向前道了萬福。說道動問管家哥一聲。
此是西門老爹家。那劉昭道。你是那里來的。這是西門老爹家。
老爹下世了。來有甚話說。陶媽媽道累及管家。進去禀聲我是

本縣官媒人。名喚陶媽媽。奉衙內小老爹。鈞語分付。說咱宅內有位奶奶。要嫁人。敬來說頭親事。那劉昭喝道。你這婆子。好不近理。我家老爹。沒了一年有餘。止有兩位奶奶守寡。並不嫁人。常言疾風暴雨。不入寡婦之門。你這媒婆。有要沒緊。走來撞甚親事。還不走。快着。惹的後邊奶奶知道。一頓好打。那陶媽媽笑說。管家哥。常言官差吏差。來人不差。小老爹不使我。我敢來做甚麼。嫁不嫁。起動進去禀聲。我好回話去。這劉昭道也罷。與人方便。自巳方便。你少待片時。等我進去。兩位奶奶。一位奶奶有哥兒。一位奶奶無哥兒。不知是那一位奶奶要嫁人。陶媽媽道。衙內小老爹說。是淸明那日。郊外曾看見來。是面上有幾點白麻子兒的。那位奶奶。這劉昭聽了。走到後邊。如此這般。告月娘說縣中使了個官媒人。在外面。倒把月娘吃了一驚。說我家裡。並沒半個字兒迸出外邊。人怎得曉的。劉昭道。曾在郊外清明那日。見來。說臉上有幾個白麻子兒的。那位奶奶。月娘便道。莫不孟三姐也。臘月裡蘿蔔動個心。忽剌八要往前進嫁人。正是世間海水知深淺。惟有人心難忖量。一面走到玉樓房中坐下。便問孟三姐。奴有件事兒來問你。外邊有個保山媒人。說是縣中小衙內。清明那日。曾見你一面。說你要往前進。端的有此話麼。看官聽說。當時沒巧不成話。自古姻緣着緣牽。那日郊外孟玉樓。看見衙內。生的一表人物。風流博浪。兩家年甲。多相彷彿。又會走馬拈弓弄箭。彼此兩情。四目都有意。已在不言之表。但未知有妻子。無妻子。口中不言。心內暗度。況男子漢已死。奴身邊。又無所出雖故大娘有孩兒。到明日長大了。各肉兒各疼。歸他娘去了。閃的我樹倒無陰。竹籃兒打水。又見月娘自有了。孝哥兒。心腸兒都改變。不似往時。我不如往前進一步。尋上個葉落歸根之處。還只顧傻傻的守些甚麼。到沒的躭閣了奴的青春辜負了奴的年少。正在思慕之間不想月娘進來。說此話。正是清明郊外。看見的那個人。心中又是歡喜。又是羞愧口裡雖說大娘。休聽人胡說。奴並沒此話。不覺把臉來飛紅了。正是

含羞對衆情開口　理鬓無言只揾頭

月娘說。既是各人心裡事。奴也管不的許多。一面叫劉昭。你請那保山來。劉昭來門首。喚陶媽媽。進到後邊。月娘在上房明間內。正面供養着西門慶靈床。那陶媽媽。旋畢禮數。坐下。小丫鬟

秀春。倒茶吃了。月娘便問保山來有甚事。那陶媽媽。便道小媳婦。無事不登三寶殿。奉本縣正宅衙内分付。敬來說咱宅上有一位奶奶要嫁人。講說親事。月娘道。是俺家這位娘子嫁人。又沒曾傳出去。你家衙内怎得知道。陶媽媽道。俺家衙内說來。清明那日。在郊外。親見這位娘子。生的長挑身材。瓜子面皮。臉上有稀稀幾個白麻子兒的。便是這位奶奶。月娘聽了。不消說就是孟三姐了。于是領陶媽媽。到玉樓房中。明間内坐下。等勾多時。玉樓梳洗。打扮出來。那陶媽媽。道了萬福。說道就是此位奶奶。果然語不虛傳。人材出衆。蓋世無雙。堪可與俺衙内老爹做得個正頭娘子。你看從頭看到底風流實無比。從頭看到脚。風流往下跑。玉樓笑道。媽媽休得亂說。且說你衙内。今年多大年紀。原娶過妻小來沒有。房中有人也無。姓甚名誰。鄉貫何處。地里何方。有官身。無官身。從實說來。休要搗謊。陶媽媽道。天麼天麼。小媳婦。你是本縣官人。不比外邊媒人快說謊。我有一句。說一句。並無虛假。俺知縣老爹。年五十多歲。止生了衙內老爹一人。今年屬馬的。三十一歲。正月二十三日。辰時建生。見做國子監上舍。不久就是舉人進士。有滿腹文章。弓馬熟閑。諸子百家。無不通曉。沒有大娘子。二年光景。房內止有一個從嫁使女荅應。又不出才兒。要尋個娘子當家。一地里又尋不着門當戶對婦。敬來宅上說此親事。若成。免小媳婦縣中打卯。還重賞在外。若是咱宅上。若做這門親事。老爹說來。門面差徭。坟塋地土錢粮。一例盡行蠲免。有人欺負。指名說來。拏到縣裡。任意棱打。玉樓道。你衙內有兒女沒有。原籍那里人氏。誠恐一時任滿。千山萬水帶去。奴親都在此處。莫不也要同他去。陶媽媽道。俺衙內老爹身邊兒花女花沒有。好不單徑。原籍是咱北京真定府棗強縣人氏。過了黃河。不上六七百里。他家中田連阡陌。騾馬成羣。人丁無數。走馬牌樓。都是撫按明文聖旨在上。好不赫耀驚人。如今娶娘子到家。做了正房。扶正房入門為正。過後他得了官。娘子便是五花官誥。坐七香車。為命婦夫人。有何不好。這孟玉樓。被陶媽媽一席話。說得千肯萬肯。一面與蘭香放卓兒看茶食點心。與保山吃。因說保山。你休怪我叮嚀盤問。你這媒人們說謊的極多。初時說的。天花亂墜地湧金蓮。及到其間。並無一物。奴也吃人哄怕了。陶媽媽道。好奶奶。只要一個比一個。清自淸。渾自渾。好的帶累子歹的。小媳婦並不搗謊。只依本分說媒。成就人家好事。奶奶肯了。討個婚帖兒與我。好回小老爹話去。玉樓取了一條大紅段子。使玳安交鋪子里傳夥計寫了生時八字。吳月娘便說你當初原是薛嫂兒說的媒。如今還使小廝。叫將薛嫂兒來。兩個同拏了帖兒去。說此親事。纔是理。不多時。使玳安兒叫薛嫂兒。見陶媽媽。道了萬福。當行見當行。拏着帖兒。出離西門慶家門。往縣中回衙內話去。一個是這里冰人。一個是那頭保山。兩張口。四十八個牙。這一去。管取說得月裡嫦娥尋配偶。巫山神女嫁襄王。陶媽媽在路上問薛嫂兒你就是這位娘子的原媒。薛嫂道。然者。便是陶媽媽問他。原先嫁這裡根兒。是何人家的女兒。嫁這里是再婚兒。這薛嫂兒。便一五一千。把西門慶當初。從楊家要來的話。告訴一遍。因見婚帖兒。上寫如命三十七歲。十一月二十七日子時生。說只怕衙內嫌娘子年紀大些。怎了。他今纔三十一歲。倒大六歲。薛嫂道。咱拏了這婚帖兒。交個路過的先生。筭看年命。妨碍不妨碍。若是不對。咱瞞他幾歲兒。不筭發了眼。正走中間。也不見路過响板的先生。只見路旁遠遠的。一個卦肆青布帳幔。掛着兩行大字。子平推貴賤。鉄筆判榮枯。有人來筭命。直言不容情。帳子底下。安放一張卓席。裡面坐着個能寫快筭靈先生。這兩個媒人。向前道了萬福。先生便讓坐下。薛嫂道。有個女人命。累先生筭一筭。向袖中拏出三分命金來。說不當輕視。先生權且收了。路過不曾多帶錢來。先生道。此是合婚的意思。說八字陶媽媽遞與他婚帖。看上面有八字生日年紀。先生道。此是合婚。一面掐指尋紋。把筭子搖了一搖。開言說道。這位女命。今年三十七歲了。十一月廿七日子時生。甲子月。辛卯日。庚子時。理取印綬之格。女命逆行。見在丙申運中。丙合辛生。往後幸有威權。執掌正堂夫人之命。四權中天星多。雖然財命益夫發福。受夫寵愛。不久定見妨剋。果然見過了不曾。薛嫂道。已剋過兩位夫主了。先生道。若見過。後來得了屬馬的。薛嫂兒道。他往後有子沒有。先生道。子早哩。命中直到四十一歲。纔有一子送老。一生好造化。富貴榮華。真無比。取筆批下命詞八句。

花盛果收奇異時　欣遇良君立鳳池

嬌姿不失江梅態　三揭紅羅兩畫眉

攜手相邀登玉殿　含羞獨步捧金巵
會看馬首昇騰日　脫却寅皮任意移

薛嫂問道。先生如何是會看馬首昇騰日。脫却寅皮任意移。這兩句。俺每不懂。起動先生講說講說。先生道。馬首者。這位娘子。如今嫁個屬馬的夫主。方是貴星。享受榮華。寅皮。是尅過的夫主。是屬虎的。雖故受寵愛。只是偏房。往後一路功名。直到六十八歲。有一子壽終。夫妻偕老。兩個媒人收了命狀歲罷。問先生與屬馬的。也合的着。先生道。丁火庚金。火逢金煉。定成大器。正好。當下改做三十四歲。兩個拜辭了先生。出離封肆。逕到縣中。衙內正坐。門子報入。良久。喚進陶嫂二媒人。旋下磕頭。衙內便問那個婦人。是那里的。陶媽媽道。是項媒人。因把親事說成。且訴一遍。說娘子人材無比的好。只爭年紀大些。小媳婦不敢擅便。隨衙內老爹尊意。討了個婚帖在此。于是遞上去。李衙內看了。上寫着三十四歲十一月廿七日子時生。說道就大三兩歲也罷。薛嫂兒插口道。老爹見的多。自古妻大兩。黃金長。妻大三黃金山。這位娘子。人才出衆。性格温柔。諸子百家。當家理紀。自不必說。衙內既然好。已是見過。不必再相。命陰陽擇吉日良時。行茶禮過去就是了。兩個媒人稟說。小媳婦幾時來伺候。衙內道。事不可稽遲。你兩個明日來討話。往他家說。分付左右。每人且賞與他一兩銀子。做腳步錢。兩個媒人歡喜出門。不在話下。這李衙內見親事已成。喜不自勝。即喚吏何不韋來。兩個商議對父親李知縣說了。令陰陽生擇定四月初八日行禮。十五日吉日良時。催娶婦人過門。就兌出銀子來。委托何不違。小張閑買辦茶紅酒禮。不必細說。兩個媒人。次日討了日期。往西門慶家。回月娘孟玉樓話。正是姻緣本是前生定。曾向藍田種玉來。四月初八日。縣中備辦十六盤羨果茶餅。一付金絲冠兒。一副金頭面。一條瑪瑙帶。一付玎璫七事。金鐲銀釧之類。兩件大紅宮錦袍兒。四套粧花衣服。三十兩禮錢。其餘布絹棉花。共約二十餘擡。兩個媒人跟隨。廊吏何不違。押担到西門慶家下了茶。十五日縣中。撥了許多快手閒漢來。擡孟玉樓。床帳嫁妝箱籠。月娘看着。但是他房中之物。盡數都交他帶去。原舊西門慶在日。把他一張八步彩漆床。陪了大姐。月娘就把潘金蓮房。那張螺鈿床。陪了他。玉樓交蘭香。跟他過去。留下小鸞。與月娘看

瓶兒死的好玉樓去的好

哥兒。月娘不肯。説你房中丫頭。我怎好留下你的。左右哥兒有中秋兒綉春。和妳子也勾了。玉樓止留下一對銀回回壺。與哥兒耍子。做一念兒。其餘都帶過去了。到晚夕。一頂四人大轎。四對紅紗鉄落燈籠。八個皂隷跟隨。來娶孟玉樓。玉樓戴着金梁冠兒挿着滿頭珠翠。胡珠子。身穿大紅通袖袍兒繫金鑲瑪瑙帶。玎璫七事。下着柳黄百花裙。先辭拜西門慶靈位。然後拜月娘。月娘説道。孟三姐。你好很也。你去了。撇的奴孤另另。獨自一個。和誰做伴兒。兩個携手。哭了一回。然後家中大小。都送出大門。媒人替他帯上紅罗銷金蓋袱。抱着金寳瓶。月娘守寡出不的門。請大姨送親。穿大紅粧花袍兒。翠藍裙。滿頭珠翠。坐大轎。送到知縣衙裡來。滿街上人看見説此是西門大官人第三娘子。嫁了知縣相公兒子衙內。今日吉日良時。娶過門也有說好也有說歹的。說好者。當初西門大官人怎的為人做人。今日死了。止是他大娘子守寡。正大有兒子。房中攪不過這許多人來。都交各人前進來。甚有張主。有那說歹的。街談巷議。指戳說道此是西門慶家第三個小老婆。如今嫁人了。當初這廝在日。專一違天害理貪財好色。姦騙人家妻子。今日死了。老婆帶的東西。嫁人的嫁人。拐帶的拐帶。養漢的養漢。做賊的做賊。都野雞毛兒零撏了。常言三十年遠報。而今眼下就報了。旁人都如此發這等暢快言語。孟大姨送親到縣衙內。鋪陳床帳停當。留坐酒席來家。李衙內將薛嫂兒陶媽媽。叫到根前。每人五兩銀子。一段花紅利市。打發出門至晚兩個成親。極盡魚水之歡。曲盡于飛之樂。到次日吳月娘這邊送茶完飰。楊姑娘巳死。孟大姈子。二姈子。孟大姨。都送茶到縣中衙內。這邊下回書。請衆親戚女眷做三日。扎彩山吃筵席。都是三院樂人妓女。動鼓樂。扮演戲文。吳月娘那日。亦滿頭珠翠。身穿大紅通袖袍兒。百花裙。繫蒙金帶。坐大轎來衙中。做三日赴席。在後廳吃酒。知縣奶奶。出來陪待。月娘回家。因見席上花攢錦簇。歸到家中。進入後邊院落。見靜悄悄。無個人接應。想起當初有西門慶在日。姊妹們。那様熱鬧。往人家赴席來家。都來相見說話。一條板櫈。姊妹們都坐不了。如今並無一個兒了。一面撲着西門慶靈床兒。不覺一陣傷心。放聲大哭。哭了一回。被丫鬟小玉勸止。住了眼淚。正是平生心事無人識。只有穿窓皓月知。這里月娘憂悶不題。却說李衙内和玉樓兩個。女貌郎才。如魚似水。正合着油瓶蓋上。每日燕尔新婚。在房中厮守。一步不離。端詳玉樓容貌。覩之不足。看之有餘越看越愛。又見帶了兩個從嫁丫鬟。一個蘭香。年十八歲。會彈唱。一個小鸞。年十五歲。俱有顏色。心中歡喜。没入脚處有詩爲証。

堪誇女貌與郎才　天合姻緣禮所該
十二巫山雲雨會　兩情願保百

原來衙内房中先頭娘子。丢了一個大丫頭約三十年紀。名喚玉簪兒。専一搽胭抹粉。作怪成精。頭上打着盤頭揸髻。用手帕苫蓋。周圍勒銷金箍兒。假充作鬏髻。又揷着些銅釵蠟片。敗葉殘花。耳朶上帶雙甜瓜墜子。身上穿一套前露殿月後露襪怪

綠喬紅的裙襖在人前好似披荷葉老鼠腳上穿着雙裡外油
劉海笑撥舡樣四個眼的剪絨鞋約尺二長臉上搽着一面鉛
粉東一塊白西一塊紅好似青冬瓜一般在人根前輕聲浪顙
做勢拏班衙內未娶玉樓來時他便逐日頓羹頓飯殷勤扶侍
不說强說不笑强笑何等精神自從要過玉樓來見衙內日逐
和他床上睡如膠似漆般打熱把他不去揪採這丫頭就有些
使性兒起來一日衙內在書房中看書這玉簪兒在廚下頓熱
了一盞好果仁炮茶雙手用盤兒托來到書房裡面笑嘻嘻掀
開簾兒送與衙內不想衙內看了一回書搭伏定書卓就睡着
了這玉簪兒叫道爹誰似奴疼你頓了這盞好茶兒與你吃你
家那新娶的娘子還在被窩裡睡得好覺兒怎不交他那小大

姐。送盞茶來與你吃。因見衙內打盹。在根前只顧叫。不應。說道老花子。你黑夜做夜作。使之了也怎的。大白日打睡磕睡。起來吃茶。叫衙內醒了。看見是他。喝道怪碎奴才。把茶放下。與我過一邊里去。這玉簪兒便臉羞紅了。使性子。把茶丟在桌上。出來說道。好不識人敬重。奴好意用心。大清早辰。送盞茶兒來你吃。倒要喝罷我常言醜是家中寶。可喜惹煩惱。我醜你當初瞎了眼。誰教你要我來做的。值我的那大精毯。被衙內聽見。赶上盡力。踢了兩靴腳。這玉簪兒走上登時。把那付奴臉膀的有房梁高。也不搽臉了。也不損茶造飯了。赶着玉樓。也不叫娘。只你也我也的無人處。一個屁股就同在玉樓床上坐。玉樓亦不去理他。他背地又壓伏蘭香小鸞。說你休趕着我叫姐。只叫姨娘。我

與你娘係大小五分。又說你只背地吅罷。休對着你爹吅。你每
日跟逐我行。用心做活。你若不聽諸歌老娘拏煤鍬子請你。後
來幾次。見爵內不理他。他就撒懶起來。睡到日頭半天。還不起
來。飰兒也不做。地兒也不掃。玉樓分付蘭香小鸞。你休靠玉簪
兒了。你二人自去廚下做飰。打發你爹吃罷。他又氣不憤。使性
謗氣。牵家打活。在廚房內。打小鸞。罵蘭香。賊小奴才。小涯婦兒
碓磨也有個先來後到。先有你娘來。先有我來。都你娘兒們占
了罷。不獻這個勤兒也罷了。當原先俺一死了那個娘。也没曾失
口吅我聲玉簪兒。你進門幾日。就題名道姓吅我。我是你手里
使的人也怎的。你未來時。我和俺爹同床共枕。那一日不睡到
齋時纔起來。和我兩個如糖拌蜜。如蜜攪酥油一般打熱。房中

事。那些兒不打我手裡過。自從你來了。把我寶鏈兒也打碎了。把我姻緣也拆散開了。一攆攆到我明間冷清清支板櫈打官鋪。再不得嘗着俺爹那件東西兒。甚麼滋味兒。我這氣苦。正也没聲處訴。你當初在西門慶家。也曾做第三個小老婆來。你小名兒叫玉樓。敢說老娘不知道。你來在俺家。你識我見。大家朧着些罷了。會那等大廝不道。喬張致。呼張喚李。誰是你買到的。屬你管轄。不識那玉樓在房中。聽見氣的發昏。連奎手戰。只是不敢聲言。對衙內說。一日熱天。也是合當有事。晚夕衙內。分付他厨下熱水。拏浴盆來房中。要和玉樓洗澡。玉樓便說。你交蘭香熱水罷。休要使他。衙內不從。說道。我偏使他。休要慣了這奴才。玉簪兒見衙內要水。和婦人洗澡。共浴蘭湯。效魚水之歡。借于飛之樂。心中正沒好氣。拏浴盆進房。往地下只一墩。用大鍋燒上一鍋滾水。口内喃喃吶吶說道。也沒見這浪淫婦。刁鑽古怪。禁害老娘。無過也只是個浪精毬。沒三日不拏水洗。像我與俺主子睡。成月也不見點水兒。也不見展污了甚麼佛眼兒。偏這淫婦。會兩番三次刁蹬老娘。直罵出房門來。玉樓聽見。也不言語。衙内聽了此言。心中大怒。澡也洗不成。精脊梁趿着鞋。向床頭取拐子。就要走出來。婦人攔阻住。說道。隨他罵罷。你好惹氣。只怕熱身子出去。風試着你。倒值了多的。衙内那裡按納得住。說道。你休管他。這奴才無禮。向前一把手。採住他頭髮。拖踏在地下。輪起拐子。雨點打將下來。饒玉樓在旁勸着。也打有二三十下在身。打的這丫頭急了。跪在地下。告說爹。你休打我。我有句話兒。和你說衙內罵賊奴才。你說有山坡羊爲証。

告爹行。停嗔息怒。你細細兒聽奴分訴。當初你將八兩銀子。財禮錢。娶我當家理紀。管着些油鹽醬醋。你吃了飯吃茶。只在我手裡。抹布。沒了俺娘。你也把我壓爲個署府。咱兩個同鋪同床。何等的頑耍。奴按家伏業。纔把這活來做。誰承望你哄我說不要了。今日又起這個毛心兒里來。呵把往日恩情弄的半星兒也無。吽了聲爹。你忒心毒。我如今不在你家了。情愿嫁上個姐夫。

衙內聽了。亦發惱怒起來。又狠了幾下。玉樓勸道。他既要出去你不消打。倒沒得氣了你。衙內隨令伴當。即時吽將媒人。陶媽媽來。把玉簪兒領出去。便賣銀子來交。不在話下。正是蚊虫遭扇打。只為嘴傷人。有詩為証。

百禽啼後人皆喜　惟有鴉鳴事若何
見者多嫌聞者唾　只為人前口嘴多

畢竟未知後來何如。且聽下回分解。

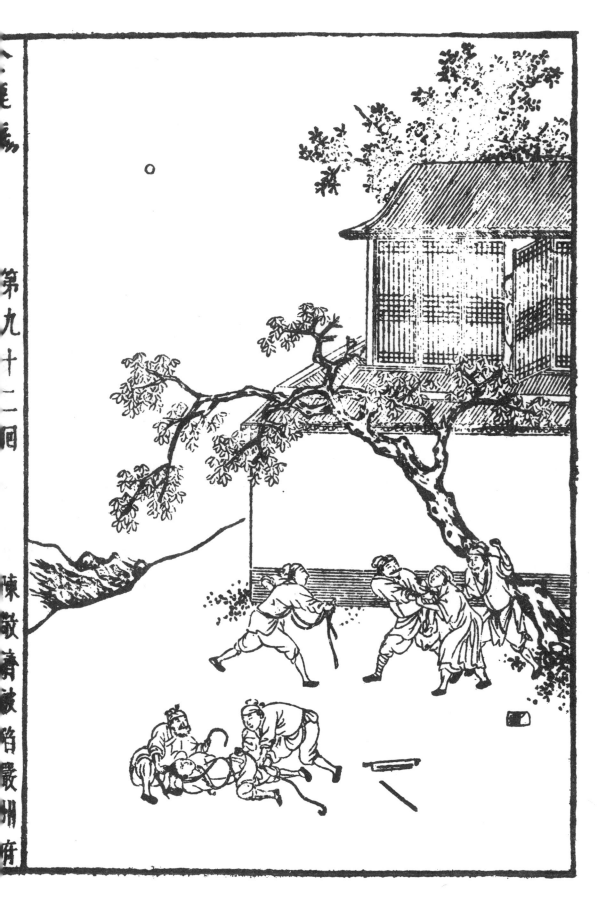

金瓶梅 第九十二回 陳敬濟被陷嚴州府

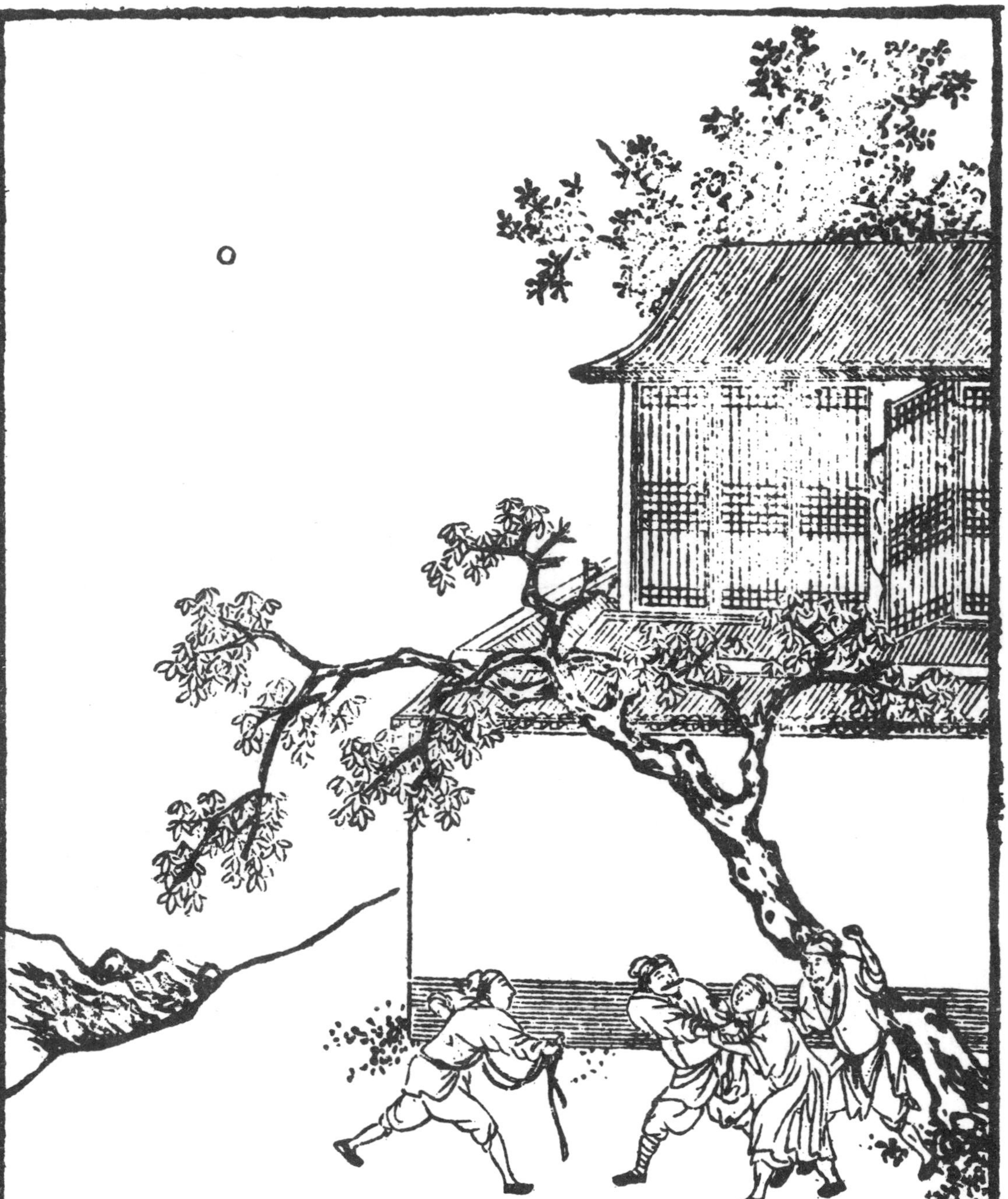

吳月娘大鬧授官廳

第九十二回

陳經濟被陷嚴州府　吳月娘大鬧授官廳

暑往寒來春復秋　夕陽西下水東流
雖然富貴皆由命　運去貧窮亦自由
事遇機關須進步　人逢得意早回頭
將軍戰馬今何在　野草閑花滿地愁

話說當日李衙內。打了玉簪兒一頓。即時叫了陶媽媽來。領出賣了八兩銀子。買了箇十八歲使女。名喚滿堂兒上竈。不在話下。却表陳經濟。自從西門大姐來家。交還了許多床帳粧奩。箱籠家火。三日一塲嚷。五日一塲鬧。問他孃張氏。要本錢做買賣。他毋舅張團練。來問他毋親借了五十兩銀子。復謀管事。被他

吃醉了。徑在張舅門上罵壞他張舅受氣不過。另問別處借了
銀子。幹成管事。還把銀子交還將來。他母親張氏着了一塲重
氣。染病在身。日逐臥床不起。終日服藥。請醫調治。吃他逆毆不
過。兌出二百兩銀子交他。陳定在家門首。打開兩間房子。開布
鋪做買賣。逐月結交朋友。陸三郎。楊大郎。狐朋狗黨。在鋪中彈
琵琶。抹骨牌。打雙陸。吃半夜酒。看看把本錢弄下去了。陳定對
張氏說。他每日飲酒花費。張氏聽信陳定言語。不托他經濟。反
說陳定染布。去尅落了錢。把陳定兩口兒攆出來。外邊居住。却
搭了楊大郎做夥計。這楊大郎。名喚楊先彥。綽號爲鐵指甲。專
一糶風賣雨。架謊鑿空。撾着人家本錢就使。他祖貫係沒州脫
空縣。拐帶村。無底鄉人氏。他父親叫做楊不來。母親白氏。他兒

弟叫楊二風。他師父是崆峒山拖不洞火龍庵精光道人。那里學的謊。他渾家是沒驚着小姐。生生吃謊謊死了。他許人話如捉影撲風。騙人財似探囊取物。這經濟問孃。又要出二百兩銀子來。添上共湊了五百兩銀子。信着他。往臨清販布去。這楊大郎。到家收拾行李。沒底兒褡褳。裝着些軟斂金褕錢兒。拏一張黑心鵰弓。騎一匹白眼龍馬。跟着經濟。從家中起身。前往臨清馬頭上。尋鈌貨去。三里抹過沒州縣。五里來到脫空村。有日到于臨清。這臨清閘上。是箇熱鬧繁華大馬頭去處。商賈往來。船隻聚會之所。車輛輻輳之地。有三十二條花柳巷七十二座管絃樓。這經濟終是年小後生。被這鐵指甲楊大郎。領着遊娼樓。串酒店。每日睡睡。終宵蕩蕩。貨物到販得不多。因走在一娼樓館上。見了一箇粉頭。名喚馮金寶。生的風流俏麗。色藝雙全。問青春多少。鴇子說。姐兒是老身親生之女。止是他一人掙錢養活。今年青春纔交二九一十八歲。經濟一見。心目蕩然。與了鴇子五兩銀子房金。一連和他歇了幾夜。楊大郎見他愛這粉頭。留連不捨。在旁花言說念。就要娶他家去。鴇子開口要銀一百五十兩。講到一百兩上。兌了銀子。娶到來家。一路上擡着。楊大郎和經濟。押着貨物車走。一路上揚鞭走馬。那樣懽喜。正是

多情燕子樓　馬道空回首
載得武陵春　陪作鸞凰友

他孃張氏。見經濟貨到販得不多。把本錢到娶了一箇唱的來家。又着了口重氣。嗚呼哀哉。斷氣身亡。這經濟不免買棺裝殮

念經做七。停放了一七光景。發送出門。祖塋合葬他毋舅張團練。看他孃面上亦不和他一般見識。這經濟坟上覆墓回來。把他孃正房三間。中間供養靈位。那兩間收拾與馮金寶住。大姐到住着耳房。又替馮金寶買了丫頭重喜兒伏侍。門前楊大郎開着鋪子。家里大酒大肉。買與唱的吃。每日只和唱的睡。把大姐丟着不去瞅睬。一日打聽孟玉樓嫁了李知縣兒子李衙內。帶過許多東西去。三年任滿。李知縣陞在浙江嚴州府。做了通判。領憑起身。打水路赴任去了。這陳經濟因想起昔日在花園中。拾了孟玉樓那根簪子。吃醉又被金蓮所得。落後還與了他收到如今。就把這根簪子。做箇証見。把物趕上嚴州去。只說玉樓先與他有了姦。與了他這根簪子。不合又帶了許多東西。嫁了李衙內。都是昔日楊戩。寄放金銀箱籠。應没官之物。那李通判一箇文官多大湯水。聽見這箇利害口聲。不怕不教他兒子。雙手把老婆奉與我。我那時取將來家。與馮金寶又做一對兒落得好受用。正是計就月中擒玉兎。謀成日裡捉金烏。經濟不來到好。此這一來。正是失曉人家逢五道。溟泠餓鬼撞鍾馗。有詩爲証。

趕到嚴州訪玉人　人心難忖是石沉
侯門一旦深如海　從此蕭郎落陷坑

却說一日陳經濟打點他孃箱中。尋出一千兩金銀。留下一百兩與馮金寶家中盤纏。把陳定復叫進來看家。并門前舖子發賣零碎布疋。與他楊大郎。又帶了家人陳安。押着九百兩銀子從八月中秋起身。前往湖州販了半船絲綿紬絹。來到清江浦江口。馬頭上灣泊住了船隻。投在箇店主人陳二店內。夜間點上燈光。交陳二郎殺鷄取酒。與楊大郎共飲酒中間。和楊大郎說。夥計你暫且看守船上貨物在二郎店內畧住數日。等我和陳安拏些人事禮物。往浙江嚴州府。看家姐嫁在府中。多不上五日。少只三日。期程就來。楊大郎道。哥去只顧去。兄弟情愿店中等候。哥到日。一同起身。這陳經濟。千不合萬不合。和陳安身邊帶了些銀兩人事禮物。有日取路逕到嚴州府。進入城內。投在寺中安下。打聽李通判到任一箇月。家小船隻。纔到三日光景。這陳經濟不敢怠慢。買了四盤禮物。兩疋紵絲尺頭。兩罈酒。陳安押着。他便揀選衣帽齊整。眉目光鮮。逕到府衙內。前與門

吏作揖道報一聲。說我是通判李老爹衙內新娶娘子的親。孟
二舅來探望。這門吏聽了不敢怠慢。隨即禀報進去。衙內正在
書房中看書。聽見是婦人兄弟。令左右先把禮物抬進來。一面
忙整衣冠。道有請。把陳經濟請入府衙廳上。叙禮分賓主坐下。
說道。前日做親之時。怎的不會二舅。經濟道。在下因在川廣販
貨。一年方回。不知家姐嫁與府上。有失親近。今日敬備薄禮來
看看家姐。李衙內道。一向不知。失禮恕罪恕罪。須臾茶湯已罷。
衙內令左右把禮帖。并禮物。取進去對你娘說。二舅來了。孟玉
樓正在房中坐的。只聽小門子進來。報說孟二舅來了。玉樓道
二二年不曾回家。再有那箇孟舅。莫不是我二哥孟銳來家了。
千山萬水來看我。只見伴當拏進禮物。和帖兒來。上面寫着眷

生孟銳就知是他兄弟。一面道有請。令蘭香收拾後堂乾淨。玉樓裝點打扮。伺候出見。只見衙內讓進來。玉樓在簾內觀看。可霎作怪。不是他兄弟。却是陳姐夫。他來做甚麼。等我出去見他。怎的說話。常言親不親故鄉人。美不美鄉中水。雖然不是我兄弟。也是我女壻人家。一面整裝出來拜見。那經濟說道。一向不知姐姐嫁在這里。沒曾看得。還說得這句。不想門子來請衙內。外邊有客來了。這衙內分付玉樓。管待二舅。就出去待客去了。玉樓見經濟磕下頭。連忙還禮說道。姐夫免禮。那陣風兒刮你到此處。叙畢禮數。讓坐。吽蘭香看茶出來。吃了茶。彼此叙了些家常話兒。玉樓因問大姐好麼。經濟就把從前西門慶家中出來。并討箱籠的一節話。告訴玉樓。玉樓又把清明節上坟在永

銳

福寺。遇見春梅。在金蓮墳上燒帋的話。告訴他。又說我那時在家中。也常勸你大娘。疼女兒。就疼女婿。親姐夫不曾養活了外人。他聽信小人言語。把姐夫打發出來。落後姐夫討箱子。我就不知道。經濟道。不瞞你老人家說。我與六姐相交。誰人不知。生生吃他信奴才言語。把他打發出去。纔乞武松殺了。他若在家。那武松有七箇頭。八箇膽。敢往你家來殺他。我這仇恨結的有海來深。六姐死在陰司里。也不饒他。玉樓道。姐夫也罷。丟開了手的事。自古冤仇只可解。不可結。說話中間。丫鬟放下卓兒。擺上酒來。盃盤餚品。堆滿春臺。玉樓斟上一盃酒。雙手遞與經濟說姐夫遠路風塵。無事破費。且請一盃兒水酒。這經濟用手接了。唱了喏。亦斟一盃回奉。婦人叙禮坐下。因見婦人。姐夫長姐夫短吽他。口中不言。心内暗道。這淫婦怎的不認犯。只吽我姐夫。等我慢慢的探他。當下酒過三巡。餚添五道。彼此言來語去。說得入港。這經濟酒盖着臉兒。常言酒情深似海。色膽大如天。見無人在跟前。先丟的幾句邪言說入去。說道我兒弟思想姐姐如渴思漿。如熱思涼。想當初在丈人家。怎的在一處下棋抹牌。同坐雙雙。似背盖一般。誰承望今日各自分散。你東我西。玉樓笑道。姐夫好說。自古清者清。而渾者渾。久而自見。這經濟笑嘻嘻向袖中。取出一包雙人兒的香茶。遞與婦人。說姐姐你若有情。可憐見兒弟吃我這箇香茶兒。說着。就連忙跪下。那婦人登時一點紅從耳畔起。把臉飛紅了。一手把香茶包兒。掠在地下。說道。好不識人敬重。奴好意遞酒與你吃。到戲弄我起來。就

撇了酒席。往房裡去了。經濟見他不就。一面拾起香茶來發話
道。我好意來看你。你到變了卦兒。你敢說你嫁了通判兒子。好
漢子。不采我了。你當初在西門慶家做第三箇小老婆。沒曾和
我兩箇有首尾。因向袖中取出舊時那根金頭銀簪子。拏在手
內說。這箇物是誰人的。你既不和我有姦。這根簪兒怎落在我
手裡。上面還刻着玉樓名字。你和大老婆串同了。把我家寄放
的八箱子。金銀細軟。玉帶寶石東西。都是當朝楊戩寄放應沒
官之物。都帶來嫁了漢子。我教你不要謊。到八字八鍍兒上。和
你荅話玉樓見他發話。拏的簪子委的他頭上戴的。金頭蓮瓣
簪兒。昔日在花園中不見。怎的落在這短命手裡。恐怕攘的家
下人知道。須臾變作笑吟吟臉兒。走將出來。一把手拉經濟說

道好姐夫奴鬭你耍子如何就惱起來因覷看左右無人悄悄
說你既有心奴亦有意兩箇不由分說摟着就親嘴這陳經濟
把舌頭似蛇吃燕子一般就舒到他口裡交他咂說道你叫我
聲親親的姐夫纔筭你有我之心婦人道且禁聲只怕有人聽
見經濟悄悄向他說我如今治了半船貨在清江浦等候你若
肯下顧時如此這般到晚夕假扮門子私走出來跟我上船家
去成其夫婦有何不可他一箇文職官怕是非莫不敢來抓尋
你不成婦人道既然如此也罷約會下你今晚在府墻後等着
奴有一包金銀細軟打墻上繫過去與你接了然後奴纔扮做
門子打門裡出來跟你上船去罷看官聽說正是佳人有意那
怕粉墻高萬丈紅粉無情總然共坐隔千山當時孟玉樓若嫁

得箇痴蠢之人。不如經濟。經濟便下得這箇鍬钁着。如今嫁箇李衙內。有前程。又是人物風流。青春年少。恩情美滿。他又抅你做甚。休說平日又無連手。這箇郎君。也早合當倒運。就吐實話泄機。與他。到吃婆娘哄賺了。正是花枝葉下猶藏刺。人心難保不懷毒。當下二人會下話。這經濟吃了幾盃酒。少頃告辭回去。李衙內連忙送出府門。陳安跟隨而去。衙內便問婦人。你兄弟住那里下處。我明日回拜他去。送些嗄程與他。婦人便說。那里是我兄弟。他是西門慶家女婿。如此這般。來抅搭要拐我出去。奴已約下他。今晚夜至三更。在後墻相等。咱不好將計就計。把他當賊拏下。除其後患如何。衙內道。叵耐這厮無端。自古無毒不丈夫。不是我去尋他。他自來送死。一面走出外邊。呼過左右伴當心腹快手。如此這般。預備去了。這陳經濟不知機變。至半夜三更。果然帶領家人陳安。來府衙後墻下。以咳嗽爲號。只聽墻內玉樓聲音。打墻上掠過十條索子去。那邊繫過一大包銀子來。原來是庫內拏的二百兩贓罰銀子。這經濟纔待教陳安拏着走。忽聽一聲梆子響。黑影裡閃出四五條漢。吽聲有賊了。登時把經濟連陳安都綁了。稟知李通判。分付都且押送牢裡去。明日問理。原來嚴州府正堂知府。姓徐名崶。徐崶係陝西臨洮府人氏。庚戌進士。極是箇清廉剛正之人。次日早升堂。左右排兩行官吏。這李通判上去畫了公座。庫子呈稟賊情事。帶陳經濟上去。說昨夜至三更時分。有先不知名。今知名賊人二名陳經濟。陳安。鍬開庫門鎖鑰。偷出贓銀二百兩。越墻而過。致被捉獲來。見老爺。徐知府喝令帶上來。把陳經濟并陳安揪簇採擁。驅至當廳跪下。知府見年小清俊。便問這廝是那里人氏。因何來我這府衙公廨。夜晚做賊。偷盜官庫贓銀數多。有何理說。那陳經濟。只顧磕頭聲寃。徐知府道。你做賊如何聲寃。李通判在旁欠身便道。老先生不必問他。眼見得贓証明白。何不加起刑來。徐知府即令左右拏下去。二十板。李通判道。人是苦虫。不打不成。不然這賊便要展轉。當下兩邊皁隷。把經濟陳安拖番大板打。將下來。這陳經濟口內只罵。誰知淫婦孟三兒陷我至此。寃哉苦哉。這徐知府終是黃堂出身。官人聽見這一聲。必有緣故。纔打到十板上。喝令住了。且收下監去。明日再問。李通判道。老先生不該發落他。常言人心似鐵。官法如爐。從容他一夜不打緊。就翻異口詞。徐知府道無妨。吾自有主意。當下獄卒把經濟陳安押送監中去訖。這徐知府心中有些疑忌。即喚左右心腹近前。如此這般。下監中探聽經濟所犯來歷。即便回報這幹事人假扮做犯人。和經濟晚間在一梱上睡。問其所以。我看哥哥青春年少。不是做賊的。今日落在此刑憲。打屈官司。經濟便說。一言難盡。小人本是清河縣西門慶女婿。這李通判兒子新娶的婦人孟氏。是俺丈人的小。舊與我姦的。今帶過我家老爺楊戩寄放十箱金銀寶玩之物來他家。我來此間問他索討。反被他如此這般欺負。把我當賊拏了。苦打成招。不得見其天日是好苦也。這人聽了。走來退廳。告報徐知府。知府道如何。我說這人聲冤叫孟氏。必有緣故。到次日升堂。官吏兩旁侍立。

這徐知府把陳經濟陳安提上來。摘了口詞。取了張無事的供狀。喝令釋放。李通判在旁邊不知。還再三說。老先生這廝賊情既的。不可放他。又被徐知府對佐貳官。儘力數說了李通判一頓。說我居本府正官。與朝廷幹事。不該與你家官報私仇。誣陷平人作賊。你家兒子。娶了他丈人西門慶妾孟氏。帶了許多東西。應沒官贓物。金銀箱籠來。他是西門慶女婿。逕來索討前物。你如何假捏賊情。拏他入罪。教我替你家出力。做官養兒養女。也要長大。若然如此。公道何堪。當廳把李通判。數說的滿面羞。垂首喪氣而不敢言。陳經濟與陳安。便釋放出去了。良久。徐知府退廳。這李通判回到本宅。心中十分焦燥。夫人便問相公每常退衙。歡天喜地。今日這般心中不快。何說。那李通判大喝一聲你女婦人家曉得甚麽養的好不肖子今日吃徐知府當堂對衆同僚官吏儘力上數落了我一頓可不氣殺我也夫人慌了便問甚麽事李通判即把兒子叫到跟前喝令左右拏大板氣殺我也說道你當初爲娶這箇婦人來家今是他家女婿因這婦人帶了許多裝奩金銀箱籠口口聲聲稱是當朝逆犯楊戩寄放應没官之物來問你要說你假盜出庫中官銀當贓情拏他我道一字不知反被正宅徐知府對衆數說了我這一頓此是我頭一日官未做你照顧我的我要你這不肖子何用即令左右雨點般大板打將下來可憐打得這李衙內皮開肉綻鮮血迸流夫人見打得不像模樣在旁哭泣勸解孟玉樓又在後廳角門首掩泪潛聽當下打了三十大板李通判分付左右

押着衙內。即時與我把婦人打發出門令他任意改嫁。免惹是
非。全我名節。那李衙內心中怎生捨得離異。只顧在父毋跟前
哭啼哀告。寧把兒子打死。爹爹跟前並捨不的婦人。李通判把
衙內。用鐵索墩鎖在後堂。不放出去。只要囚禁死他。夫人哭道。
相公你做官一塲。年紀五十餘歲。也只落得這點骨血。不爭為
這婦人。你囚死他。往後你年老休官。倚靠何人。李通判道。不然
他在這里。須帶累我受人氣。夫人道。你不容他在此。打發他兩
口兒上原籍真定府家去便了。通判依聽夫人之言。放了衙內
限三日就起身打點車輛。同婦人歸棗強縣。家裡攻書去了。却
表陳經濟。與陳安出離嚴州府。到寺中取了行李。逕往清江浦
陳二店中來尋楊大郎。說三日前往府前尋你去。說你監在牢

中。他收拾了貨船。起身往家中去這經濟未信。向河下不見船隻。撲了空說道。這天殺的。如何不等我來。就起身去了。况新打監中出來。身邊盤纏已無。和陳安不免搭在人船上。把衣衫解當。討吃歸家。忙忙似喪家之犬。急急如漏網之魚。隨路找尋楊大郎。並無踪跡。那時正值秋暮天氣。樹木凋零。金風搖落。甚是淒涼。有詩八句。单道這秋天行人最苦。

棲棲芰荷枯　葉葉梧桐墜
蛩鳴腐草中　鴈落平沙地
細雨濕青林　霜重寒天氣
不是路行人　怎曉秋滋味

有日經濟到家。陳定正在門首。看見經濟來家。衣衫襤褸。面貌

聯經出版事業公司 景印版

驚黑諕了一跳。接到家中。問貨船到於何處。經濟氣得半日不言。把嚴州府遭官司一節說了。多虧正宅徐知府放了我。不然性命難保。今被楊大郎這天殺的。把我貨物不知拐的往那里去了。先使陳定往他家探聽。他家說還不曾來家。陳經濟又親去問了一遭。並沒下落。心中着慌。走入房來。那馮金寶又和西門大姐。扭南面北。自從經濟出門。兩箇合氣直到如今。大姐便說。馮金寶拿着銀子錢轉與他鴇子去了。他家保兒成日來瞞藏背掖打酒買肉。在屋裡吃。家中要的沒有睡到晌午。諸事兒不買。只熬俺們。馮金寶又說大姐。成日横草不拈。豎草不動。偷米換燒餅吃。又把煮的醃肉。偷在房裡和丫頭元宵兒同吃。這陳經濟就信了。反罵大姐賊不是才料淫婦。你害饞痨饞痞了。

偷米出去。換燒餅吃。又和丫頭打夥兒偷肉吃。把元宵兒打了一頓。把大姐踢了幾脚。這大姐急了。趕着馮金寶兒撞頭罵道好養漢的淫婦。你的盜的東西。與鴇子不值了。到學舌與漢子。說我偷米偷肉。犯夜的到拏住巡更的了。教漢子踢我。我和你這淫婦換兌了罷。要這命做甚麽。這經濟道。好淫婦。你換兌他。你還不值他箇脚指頭兒哩。也是合當有事。禍便是這般起於是一把手採過大姐頭髮來。用拳撞脚踢拐子打。打得大姐鼻口流血。半日甦醒過來。這經濟便歸娼的房裡睡去了。由着大姐在下邊房裡。嗚嗚咽咽。只顧哭泣。元宵兒便在外間睡着了。可憐大姐到半夜。用一條索子。懸梁自縊身死。亡年二十四歲。到次日早辰。元宵起來推裡間不開。上房經濟和馮金寶還在被窩裡。使他丫頭重喜兒來叫大姐了。取木盆洗坐脚。只顧推不開。經濟還罵賊淫婦。如何還睡。這咱晚不起來。我這一踩開門進去。把淫婦鬢毛都拔淨了。重喜兒打牕眼內望裡張看。說道他起來了。且在房裡打鞦韆耍子兒哩。又說他提偶戲耍子兒。只見元宵瞧了半日。叫道爹不好了。俺娘吊在床頂上吊死了。這小郎纔慌了。和娼的齊起來。踩開房門。向前解卸下來。灌救了半日。那得口氣兒來。原來不知多咱時分。嗚呼哀哉死了。正是不知眞性歸何處。疑在行雲秋水中。陳定聽見大姐死了。恐怕連累。先走去西門慶家中。報知月娘。月娘聽見大姐吊死了。經濟娶娼的在家。正是氷厚三尺。不是一日之寒。率領家人小厮。丫鬟媳婦。七八口往他家來。見了大姐屍首。吊的直挺挺的。哭喊起來。將經濟拏住揪採亂打。渾身錐子眼兒。也不計數。娼的馮金寶。躲在床底下。採出來也打了箇臭死。把門總戶壁都打得七零八落。房中床帳妝奩。都還搬的去了。歸家請將吳大舅二舅來商議。大舅說。姐姐你趁此時咱家死了不到官。到明日他過不的日子。還來纏要箱籠。人無遠慮。必有近憂。不如到官處斷開了。庶杜絕後患。月娘道。哥見得是。一面寫了狀子。次日月娘親自出官。來到本縣。投官廳下遞上狀去。原來新任知縣。姓霍名大立。湖廣黃岡縣人氏。舉人出身。為人鯁直。聽見係人命重事。即升廳受狀。見狀上寫着。

告狀人吳氏。年三十四歲。係已故千戶西門慶妻。狀告為惡婿欺凌孤孀。聽信娼婦。熬打逼死女命。乞憐究治。以存殘喘

事。此有女婿陳經濟。遭官事投來氏家潜住數年。平日吃酒
行兇。不守本分。打出吊入是氏惧法逐離出門。豈期經濟懷
恨。在家將氏女西門氏。時常熬打。一向含忍。不料伊又娶臨
清娼婦馮金寶來家。奪氏女正房居住。聽信唆調。將女百般
痛辱。熬打。又採去頭髮。渾身踢傷。受忍不過。比及將死于本
年。八月廿三日。三更時分。方纔將女上吊縊死。若不具告。切
思經濟恃逞兇頑。欺氏孤寡。聲言還要持刀殺害等語。情理
難容。乞賜行拘到案。嚴究女死根因。盡法如律。庶兇頑知警。
良善得以安生。而死者不爲含寃矣。爲此具狀上告。
本縣青天老爺　　施行
這霍知縣。在公座上看了狀子。又見吳月娘身穿縞素腰繫孝

裙。係五品職官之妻。生的容貌端莊。儀容閑雅。欠身起來說道
那吳氏起來。我據看你。也是箇命官娘子。這狀上情理。我都知
了。你請回去。不必在這裡。令後只令一家人在此伺候就是了。
我就出牌去拏他。那吳月娘連忙拜謝了知縣。出來坐轎子回
家。委付來昭廳下伺候。須臾批了呈狀。委的兩箇公人。一面白
牌。行拘陳經濟。娼婦馮金寶。并兩隣保甲正身赴官聽審。這經
濟正在家裡亂喪事。聽見月娘告下狀來。縣中差公人發牌來
拏他。諕的魂飛天外。魄喪九霄。那馮金寶已被打的渾身疼痛。
睡在床上。聽見人拏他。諕的勢不知有無。陳經濟沒高低使錢
打發公人吃了酒飯。一條繩子連娼的都拴到縣裡。左隣范綱
右隣孫紀。保甲王寬兒。霍知縣聽見拏了人來。即時升廳。來昭

跪在上首。陳經濟馮金寶一行人。跪在堦下。知縣看了狀子。便
叫經濟上去說。你是陳經濟。又問那是馮金寶。那馮金寶道。小
的是馮金寶。知縣因問經濟。你這廝可惡。因何聽信娼婦。打死
西門氏。方令上吊。有何理說。經濟磕頭告道。望乞青天老爺察
情。小的怎敢打死他。因爲搭夥計在外。被人坑陷了資本。着了
氣來家。問他要飯吃。他不曾做下飯。委被小的踢了兩脚。他到
半夜自縊身死了。知縣喝道。你既娶下娼婦。如何又問他要飯
吃。尤說不通。吳氏狀上說你打死他女兒。方纔上吊。你還不招
認。經濟道。吳氏與小的有仇。故此誣賴小的。望老爺察情。知縣
大怒。說他女兒見死了。還推賴那箇。喝令左右拏下去。打二十
大板。提馮金寶上來。拶了一拶。敲一百敲。令公人帶下收監。次

日委典史臧不息。帶領吏書保甲隣人等。前至經濟家。擡出屍首當場檢驗。身上都有青傷。脖項間亦有繩痕。生前委因經濟踢打傷重。受恐不過。自縊身死。取供具結塡圖解檄。回報縣中。知縣大怒。褪衣又打了經濟金寶十板。問陳經濟夫毆妻至死者絞罪。馮金寶遞決一百。發回本司院當差。這陳經濟慌了。監中寫出帖子。對陳定說。把布舖中本錢。連大姐頭面。共湊了一百兩銀子。暗暗送與知縣。知縣一夜把招卷改了。止問了箇逼令身死。係雜犯准徒五年。運灰贖罪。吳月娘再三跪門哀告。知縣把月娘吽上去說道。娘子你女兒項上見有繩痕。如何問他毆殺條律。人情莫非忒偏問麼。你怕他後邊纏擾你。我這裡替你取了他杜絕文書。令他再不許上你門就是了。一面把經濟提到跟前分付道。我今日饒你一死。務要改過自新。不許再去吳氏家纏擾。再犯到我案下。决然不饒。即便把西門氏買棺裝殮。發送葬埋來回話。我這裡好申文書。往上司去。這經濟得了箇饒。交納了贖罪銀子。歸到家中。擡屍入棺。停放一七。念經送葬。埋城外。前後坐了半箇月監。使了許多銀兩。唱的馮金寶也去了。家中所有的都乾淨了。房兒也典了。剛刮剌出箇命兒來。再也不敢聲言丈母了。正是禍福無門人自招。須知樂極有悲來。有詩爲証。

風波平地起蕭墻　義重恩深不可忘
水溢藍橋應有會　三星權且作參商

畢竟未知後來如何。且聽下回分解。

金瓶梅

第九十三回

王杏庵義恤貧兒

金道士變淫少弟

第九十三回

王杏菴仗義賙貧　任道士因財惹禍

誰道人生運不通　吉凶禍福並肩行
只因風月將身陷　未許人心直似針
自課官途無枉屈　豈知天道不昭明
早知成敗皆由命　信步而行暗黑中

話說陳經濟自從西門大姐死了被吳月娘告了一狀打了一場官司出來唱的馮金寶又歸院中去了剛刮剌出箇命兒來房兒也賣了本錢兒也沒了頭面也使了家火也沒了又說陳定在外邊打發人尅落了錢把陳定也攆去了家中日逐盤費不週坐吃山空不免往楊大郎家中問他這半船貨的下落一

日來到楊大郎門首。叫聲楊大郎在家不在。不想楊光彥拐了他半船貨物。一向在外賣了銀兩。四散躲閃。及打聽得他家中吊死了老婆。他丈母縣中告他。坐了半箇月監房。這楊大郎驀地來家住着。不出來。聽見經濟上門叫他。問貨船下落。一經使兄弟楊二風出來。反問經濟要人。你把我哥哥叫的外邊做買賣。這幾箇月通無音信。不知抛在江中。推在河內。害了性命。你倒還來我家尋貨船下落。人命要緊。你那貨物要緊。這楊二風平昔是箇刁徒。潑皮耍子揭子。胳膊上紫肉橫生。胸前上黃毛亂長。是一條直率之光棍。走出來一把手扯住經濟。就問他要人。那經濟慌忙掙開手。跑回家來。這楊二風故意拾了塊三尖瓦楔將頭顱磕破。血流滿面。趕將經濟來罵道。我合你娘眼。我見你家甚麼銀子來。你來我屋裡放屁。吃我一頓好拳頭。那陳經濟金命水命。走投無命。奔到家把大門關閉。如鐵桶相似。就是樊噲也撞不開。由着楊二風。牽爺孃罵父毋。拏大磚砸門。只是鼻口內不聽見氣兒。又況纔打了官司出來。夢條繩蛇也害怕。只得含忍過了。正是嫩草怕霜霜怕日。惡人自有惡人磨。不消幾時。把大房賣了。找了七十兩銀子。典了一所小房在僻巷內居住。落後兩箇丫頭。賣了一箇重喜兒。只留着元宵兒和他同鋪歇。又過了不上半月。把小房倒騰了。却去賃房居住。陳安也走了。家中没營運。元宵兒也死了。止是單身獨自。家火卓椅都變賣了。只落得一貧如洗。未幾房錢不給。鑽入冷鋪內存身。花子見他是箇富家勤兒。生的清俊。叫他在熱坑上睡。與他燒餅兒吃。有當夜的過來。教他頂火夫。打梆子搖鈴。那時正值臘月殘冬。時分。天降大雪。吊起風來。十分嚴寒。這陳經濟打了回梆子。打發當夜的兵牌過去。不免手提鈴串了幾條街巷。又是風雪地下。又踏着那寒氷。凍得聳肩縮背。戰戰兢兢。臨五更雞叫。只見箇病花子。倘在墻底下。恐怕死了。總甲分付他看守着他。尋箇把草教他烤。這經濟支更一夜。沒曾睡。就掗下睡着了。不想做了一夢。夢見那時在西門慶家。怎生受榮華富貴。和潘金蓮。拘搭頑耍戲謔。從睡夢中就哭醒了。衆花子說。你哭怎的。這經濟便道。你衆位哥哥。聽我訴說一遍。有粉蝶爲証。

九臘深冬。雪漫天。凉然氷凍。更搖天撼地狂風。凍得我體僵麻。心膽戰。實難扎掙。挨不過肚中饑。又難禁身上冷。任着這

半邊天。端的是冷挨不過。凄涼要尋死路。百忙裡捨不的顛
命。

耍孩兒一煞　不覺撞昏鐘。昏鐘人初定。是誰人叫我。原來是
總甲張成。他那里急急呼。我這里連連應。趂今宵誰肯與我
支更也。是我一時僥倖。他先遞與我幾箇燒餅。

二煞　名承總甲憐咱冷。教我敲梆守守更。由着他調用。但得
這濟心饑錢米。那里管人貧下賤。一任教喝號提鈴。

三煞　坐一回脚手麻立一回肚裡疼。冷燒餅乾嚥無茶送。剛
然末到三更後。下夜的兵牌叫點燈。歪蹋弄與了他四十文。
方纔得買一箇姑容。

四煞　到五更雞打鳴。大街上人漸行。衆人各去都不等。只見

病花子倘在墻根下。教我煨着他。不暫停。得他口煖氣兒心纔定。剛合眼一場幽夢。猛驚回哭到天明。

五煞　花子說你哭怎的。我從頭兒訴始終。我家積祖根基兒重。說聲賣松槁陳家誰不怕名姓。多居仕宦中。我祖耶耶曾把誰塩種。我父親專結交勢耀。生下我吃酒行兇。

六煞　先亡了打我的爹。後亡了我父親。我孃疼專隨縱吃酒耍錢般般會。酒肆巢窩處處通。所事兒都相稱。娶了親就遭官事。丈人家豪縣重投輕。

七煞　我也曾在西門家做女婿。調風月。把丈母淫。錢塲裡信着人鎖狗洞。也曾黃金美玉當場賭。也曾馱米担柴往院裡供。毆打妻兒病。死了死了時。他家告狀。使了許多錢。方得頭輕。

八煞　賣大房。買小房。贖小房。又倒騰。不思久遠含餘剩。饑寒苦惱妾成病。死在房簷不許停。所有都乾淨。嘴頭饞不離酒肉。没攪汁。拆賣坟塋。

九煞　掇不的輕。負不的重。做不的傭。務不的農。未曾幹事兒先愁動。閑中無事思量嘴。睡起須教日頭紅。狗性子生鐵般硬。惡盡了十親九眷。凍餓死有那箇憐憫。

十煞　討房錢不住催。他料我也住不成。沙鍋破碗全無用。幾推趕出門兒外。凍骨淋皮無處存。不免冷鋪將身奔。但得箇時通運轉。我那其間忘不了恩人。

頻年困苦痛妻亡　身上無衣口絕糧

馬死奴逃房又賣　隻身獨自走他鄉
朝依肆店求遺饌　暮宿庄圍倚敗墻
只有一條身後路　冷鋪之中去打梆

却說陳經濟晚夕在冷鋪存身。白日間街頭乞食。清河縣城內有一老者。姓王名宣。字廷用。年六十餘歲。家道殷實。爲人心慈。好仗義疎財。廣結交。樂施捨。專一濟貧拔苦。好善敬神。所生二子。皆當家成立。長子王乾。襲祖職爲牧馬所掌印正千戶。次子王震。充爲府學庠生。老者門首搭了箇主管。開着箇解當鋪兒。每日豐衣足食。閑散無拘。在梵宇聽經。琳宮講道。無事在家門首施藥救人。拈素珠念佛。因後園中有兩株杏樹。道號爲杏菴居士。一日杏菴頭戴重簷幅巾。身穿水合道服。在門首站立。只

見陳經濟打他門首過。向前扒在地下磕了箇頭。慌的杏菴還
不迭。說道。我的哥你是誰。老拙眼昏不認得你。這經濟戰戰兢
兢。站立在旁邊說道。不瞞你老人家。小人是賣松橋陳洪兒子。
老者想了半日。說你莫不是陳大寬的令郎麼。因見他衣服襤
褸。形容憔悴。說道我賢姪你怎的弄得這等模樣。便問你父親
母親可安麼。經濟道。我爹死在東京。我母親也死了。杏庵道。我
聞得你在丈人家住來。經濟道。家外父死了。外母把我攆出來。
他女兒死了。告我到官。打了一場官司。把房兒也賣了。有些本
錢兒都吃人坑了。一向閑着。沒有營運。杏菴道。賢姪。你如今在
那里居住。經濟半日不言語。說不瞞你老人家說。如此如此。杏
菴道。可憐。賢姪你原來討吃哩。想着當初你府上。那樣根基人

家。我與你父親相交。賢姪你那咱還小哩。纔扎着總角上學哩。一向流落到此地位。可傷可傷。你還有甚親家。也不看顧你看顧兒。經濟道。正是。俺張舅那里。一向也久不上門。不好去的。問了一回話。老者把他讓到裡面客位裡。令小廝放卓兒。擺出點心嗄飯來。教他儘力吃了一頓。見他身上单寒。拏出一件青布綿道袍兒。一頂毡帽。又一雙毡襪綿鞋。又秤一兩銀子。五百銅錢。遞與他。分付說。賢姪這衣服鞋襪與你身上那銅錢與你盤纏。賃半間房兒住。這一兩銀子。你拏着做上些小買賣兒。也好糊口過日子。强如在冷鋪中。學不出好人來。每月該多少房錢來這里老拙與你。這陳經濟扒在地下磕頭謝了。說道。小姪知會。拏着銀錢。出離了杏菴門首。也不尋房子。也不做買賣。把那五百文錢。每日只在酒店麵店。以了其事。那一兩銀子。搗了些些白銅頓鑵。在街上行使。吃巡邏的當土賊拏到該坊節級處。一頓梭打。使的罄盡。還落了一屁股瘡。不消兩日。把身上綿衣也輸了。襪兒也換來嘴吃了。依舊原在街上討吃。一日又打王杏菴門首所過。杏菴正在門首。只見經濟走來磕頭。身上衣襪都没了。止戴着那毡帽精脚靸鞋。凍的乞乞縮縮。老者便問陳大官。做得買賣如何。房錢到了。來取房錢來了。那陳經濟半日無言可對。問之再三。方說如此這般都没了。老者便道。阿呀賢姪你這等就不是過日子的道理。你又拈不的輕。負不的重。但做了些些小活路兒。還强如乞食。免教人恥笑。有玷你父祖之名。你如何不依我說。一面又讓到裡面。教安童拿飯來與他吃飽了。

又與了他一條袷褲。一領白布衫。一雙裹腳。一吊銅錢。一斗米。你拏去務要做上了小買賣。賣些柴炭豆兒瓜子兒。也過了日子。强似這等討吃。這經濟口雖荅應。拏錢米在手。出離了老者門。那消數日。熟食肉麵。都在冷鋪內。和花子打夥兒都吃了。要錢。又把白布衫袷褲都輸了。大正月裡又抱着肩兒。在街上走。不好來見老者。走在他門首房山墻底下。向日陽站立。老者冷眼看見他。不叫他。他挨挨搶搶。又到根前。扒在地下磕頭。老者見他。還依舊如此說道。賢姪。這不是常策。咽喉深似海。日月快如梭。無底坑如何填得起。你進來我與你說。有一箇去處。又清閒。又安得你身。只怕你不去。經濟跪下哭道。若得老伯見憐。不拘那里。但安下身。小的情愿就去。杏菴道。此去離城不遠。臨清馬頭上。有座晏公廟。那裡魚米之鄉。舟船輻輳之地。錢糧極廣。清幽消灑。廟主任道士。與老拙相交極厚。他手下也有兩三箇徒弟徒孫。我備分禮物。把你送與他做箇徒弟出家。學些經典。吹打。與人家應福也是好處。經濟道。老伯看顧。可知好哩。杏菴道。既然如此。你去。明日是箇好日子。你早來。我送你去。經濟去了。這王老連忙叫了裁縫來。就替經濟做了兩件道衣。一頂道髻。鞋襪俱全。次日經濟果然來到。王老教他空屋裡洗了澡。梳了頭。戴上道髻。裡外換了新襖新褲。上盖青絹道衣。下穿雲履毡襪。備了四盤羹果。一罈酒。一疋尺頭。封了五兩銀子。他便乘馬。顧了一匹驢兒。與經濟騎着。安童喜童跟隨。兩箇人擡了盒担。出城門。逕往臨清馬頭晏公廟來。止七十里。一日路程。比及到晏公廟。天色已晚。但見。

日影將沉。繁陰已轉。斷霞映水散紅光。落日轉山生碧霧。緑楊影裡。時聞鳥雀歸林。紅杏村中。每見牛羊入圈。正是溪邊漁父投林去。野外牧童跨犢歸。

王老到于馬頭上。過了廣濟閘大橋。見無數舟船。停泊在河下。來到晏公廟前。下馬。進入廟來。只見青松欝欝。翠栢森森。兩邊八字紅墻。正面三間朱戶。端的好座廟宇。但見

山門高聳。殿閣崚層。高懸勅額金書。彩畫出朝入相。五間大殿塑龍王。一十二尊。兩下長廊刻水族。百千萬衆。旗竿凌漢。帥字招風。四通八達。春秋社禮享依時。雨順風調。河道民間皆祭賽。萬年香火威靈在。四境官民仰賴安。

山門下。早有小童看見。報入方丈。任道士忙整衣出迎。王杏菴令經濟和禮物。且在外邊伺候。不一時。任道士把杏菴讓入方丈松鶴軒敘禮。說王老居士。怎生一向不到敝廟隨喜。今日何幸。得蒙下顧。杏菴道。只因家中俗冗所羈。久失拜望。敘禮畢。分賓主而坐。小童獻茶。茶罷。任道士道。老居士今日天色已晚。你老人家不去罷了。分付把馬牽入後槽喂息。杏菴道。沒事不登三寶殿。老拙敬來。有一事干瀆。未知尊意肯容納否。任道士道。老居士有何見教。只顧分付。小道無不領命。杏菴道。今有故人之子。姓陳。名經濟。年方二十四歲。生的資格清秀。倒也伶俐。只是父母去世太早。自幼失學。若說他父祖根基。也不是無名少姓人家子孫。有一分家當。只因不幸遭官事沒了家。無處棲身。

老拙念他乃尊舊日相交之情。欲送他來貴宮作一徒弟。未知尊意如何。任道士便道。老居士分付。小道怎敢違阻。奈因小道命蹇。手下雖有兩三箇徒弟。都不省事。沒一箇成立的。小道常時惹氣。未知此人誠實不誠實。杏菴道。這箇小的。不瞞尊師說。只顧放心。一味老實本分。膽兒又小。所事兒伶範。堪可作一徒弟。任道士問幾時送來。杏菴道。見在山門外伺候。還有些薄禮。伏乞笑納。慌的任道士道。老居士何不早說。一面道有請。于是擡盒人擡進禮物。任道士見帖兒上寫着謹具粗段一端。魯酒一罇。豚蹄一副。燒鴨二隻。樹果二盒。白金五兩。知生王宣頓首拜。連忙稽首謝道。老居士何以遠勞。見賜許多重禮。使小道卻之不恭。受之有愧。只見陳經濟頭戴着金梁道髻。身穿青絹道衣。腳下雲履淨襪。腰繫絲縧。生的眉清目秀。齒白唇紅。面如傅粉。走進來向任道士。倒身下拜。拜了四雙八拜。任道士因問多少青春。經濟道。屬馬交新春二十四歲了。任道士見他果然伶俐。取了他箇法名。叫做陳宗美。原來任道士手下。有兩箇徒弟。大徒弟姓金。名宗明。二徒弟姓徐。名宗順。他便叫陳宗美。王杏菴都請出來。見了禮數。一面收了禮物。小童掌上燈來。放卓兒先擺飯。後吃酒。餚品盃盤。堆滿卓上。無非是雞蹄鵝鴨魚蝦之類。王老吃不多酒。師徒輪番勸殺幾巡。王老不勝酒力。告辭房中。自有床鋪安歇。一宿。到次日清辰。小童舀水淨面。梳洗灌漱畢。任道士又早來遞茶。不一時。擺飯又吃了兩盃酒。喂飽頭口。與了擡盒人力錢。王老臨起身。叫過經濟來分付。在此好生用心。習學經典。聽師父指教。我常來看你。按季送衣服鞋腳來與你。又向任道士說。他若不聽教訓。一任責治。老拙並不護短。一面背地又囑付經濟。我去後。你要洗心改正。習本等事業。你若再不安分。我不管你了。那經濟應諾道。兒子理會了。王老當下作辭任道士。出山門上馬。離晏公廟。回家去了。經濟是此就在晏公廟。做了道士。因見任道士。年老赤鼻。身體魁偉。聲音洪亮一部髭鬚。能談善飲。只專迎賓送客。凡一應大小事。都在大徒弟金宗明手裡。那時朝廷運河初開。臨淸設二閘。以節水利。不拘官民船到閘上。都來廟裡。或求神福。或來祭愿。或討卦與筊。或做好事。也有布施錢米的。也有餽送香油紙燭的。也有留松篙蘆蓆的。這任道士將常署裡多餘錢糧。都令吾下徒弟。在馬頭上。開設錢米鋪。賣將銀子來。積儹私囊。他這大徒弟金宗明也不是箇守本分的。年約三十餘歲。常在娼樓包占樂婦。是箇酒色之徒。手下也有兩箇清紫年小徒弟。同鋪歇臥。日夕絮繁因見經濟生的齒白唇紅。面如傅粉。清俊乖覺。眼裡說話。就纏他同房居住。晚夕和他吃半夜酒。把他灌醉了。在一鋪歇臥。初時兩頭睡。便嫌經濟脚臭。吽過一箇枕頭上睡。睡不多回又說他口氣噴着。令他吊轉身子。屁股貼着肚子。那經濟推睡着不理他。他把那話弄得硬硬的。直竪一條棍。抹了些唾津在頭上往他糞門裡只一頂。原來經濟在冷鋪中。被花子飛天鬼侯林兒弄過的。眼子大了。那話不覺就進去了。這經濟口中不言。心內暗道。這厮合敗。他討得十分便益多了。把我不知當做甚麼人兒。也來報伏。與他箇甜頭兒。且教他在我手內納些敗缺。一面故意聲叫起來。這金宗明恐怕老道士聽見。連忙掩住他口。說好兄弟。禁聲。隨你要的。我都依你。經濟道。你既要掏搭我。我不言語。須依我三件事。宗明道。好兄弟。休說三件。就是十件事。我也依你。經濟道。第一件。你既要我。不許你再和那兩箇徒弟睡。第二件。大小房門上鑰匙。我要執掌。第三件。隨我往那裡去。你休嗔我。你都依了我。我方依你此事。金宗明道。這箇不打緊。我都依你。當夜兩箇顛來倒去。整狂了半夜。這陳經濟自幼風月中撞。甚麼事不知道。當下被底山盟。枕邊海誓。淫聲艷語。摳吮舔品。把這金宗明哄得歡喜無盡。到第二日。果然把各處鑰匙。都交與他手內。就不和那箇徒弟在一處。每月只同他一鋪

歇臥。一日兩。兩日三。忽一日任道士師徒三箇。都往人家應福

做好事去。任道士留下他看家。徑智賺他。王老居士只說他老

實。看老實不老實。臨出門分付。你在家好看着那後邊養的一

羣雞。說道是鳳凰。我不久功成行滿。騎他上昇。朝參玉帝。那房

內做的幾缸。都是毒藥汁。若是徒弟壞了事。我也不打他。只與

他這毒藥汁吃了。直教他立化。你須用心看守。我午齋回來。帶

點心與你吃。說畢。師徒去了。這經濟關上門笑道。豈可我這些

事兒不知道。那房內幾缸黃米酒。哄我是甚毒藥汁。那後邊養

的幾隻雞。說是鳳凰。要騎他上昇。于是揀肥的宰了一隻。退的

淨淨。煑在鍋裡。把缸內酒。用鏇子舀出來。火上篩熱了。手撕雞

肉。蘸着蒜醋。吃了箇不亦樂乎。還說了四句。黃銅鏇舀清酒。烱

籠皓月。白汚雞蘸爛蒜。風捲殘雲。正吃着。只聽師父任道士外邊叫門。這經濟連忙收拾了家伙。走出來開門。任道士見他臉紅。問他怎的來。這經濟徑低頭不言語。師父問你怎的不言語。經濟道。告稟師父得知。師父去後。後邊那鳳凰不知怎的飛了去一隻。教我慌了。上房尋了半日沒有。怕師父來家打。待要拏刀子抹。恐怕疼。待要上吊。恐怕斷了繩子跌着。待要投井。又怕井眼小掛脖子。筭計的沒處去了。把師父缸內的毒藥汁。舀了兩碗來吃了。師父便問你吃下去覺怎樣的。經濟道。吃下去半日不死不活的。倒像醉了的一般。任道士聽言。師徒們都笑了。說還是他老實。又替他使錢討了一張度牒。以此徑後。凡事並不防範。正是三日賣不得一担真。一日賣了三担假。這陳經濟因此常拏着銀錢。往馬頭上遊玩。看見院中架兒陳三兒。說馮金寶兒。他鴇子死了。他又賣在鄭家。叫鄭金寶兒。如今又在大酒樓上趕趂哩。你不看他看去。這小夥兒舊情不改。拏着銀錢跟定陳三兒。逕往馬頭大酒樓上來。此不來倒好。若來。正是五百載寃家來聚會。數年前姻眷又相逢。有詩爲證。

人生莫惜金縷衣　人生莫負少年時
見花欲折須當折　莫待無花空折技

原來這座酒樓。乃是臨清第一座酒樓。名喚謝家酒樓。裡面有百十座閣兒。週圍都是緑欄杆。就緊靠着山岡。前臨官河。極是人烟熱鬧去處。舟船往來之所。怎見得這座酒樓齊整。

雕簷映日。畫棟飛雲。緑欄杆低接軒牕。翠簾櫳高懸戶牖。吹笙品笛。盡都是公子王孫。執盞擎盃。擺列着歌姬舞女。消磨醉眼。倚青天萬疊雲山。勾惹吟魂。翻瑞雪一河烟水。白蘋渡口。時聞漁父鳴榔。紅蓼灘頭。每見釣翁擊楫。樓畔綠楊啼野鳥。門前翠柳繫花驄。

這陳三兒。引經濟上樓。到一箇閣兒裡坐下。烏木春臺。紅漆凳子。便叫店小二。連忙打抹了春臺。拏一付鍾筯。安排一分上品酒果下飯來。擺着。便他下邊叫粉頭去了。須臾只聽樓梯響。馮金寶上來。手中拏着箇厮鑼兒。見了經濟。深深道了萬福。常言情人見情人。不覺簇地兩行淚下。正是數聲嬌語如鶯囀。一串珍珠落線頭。經濟一見。便拉他一處坐。問道。姐姐你一向在那裡來。不見你。這馮金寶收淚道。自從縣中打斷出來。我媽不久着了驚諕，得病死了，把我賣在鄭五媽兒家做粉頭，這兩日，子弟稀少，不免又來在臨清馬頭上趕趁酒客，昨日聽見陳三兒說，你在這裡開錢鋪，要見你一見，不期你今日在此樓上吃酒，會見一面，可不想殺我也，說畢，又哭了，經濟便取袖中帕兒替他抹了眼淚，說道，我的姐姐，你休煩惱，我如今又好了，自從打出官司來，家業都沒了，投在這晏公廟一向出家做了道士，師父甚是重托我，往後我常來看你，因問你如今在那裡安下，金寶便說，奴就在這橋西酒家店劉二那裡，有百十間房子，四外街衖窠子妓女都在那裡安下，白日裡便來這各酒樓趕趁，說着兩箇挨身做一處飲酒，陳三兒盪酒上樓，拏過琵琶來，金寶彈唱了箇曲兒，與經濟下酒，名普天樂。

淚雙垂垂雙淚。三盃別酒。別酒三杯。鸞鳳對拆開。拆開鸞鳳對。嶺外斜暉看看墜。看看墜嶺外暉。天昏地暗。徘徊不捨。不捨徘徊。

兩人吃得酒濃時。未免解衣雲雨。下箇房兒。這陳經濟。一向不曾近婦女。久渴的人。合得遇金寶。儘力盤桓。尤雲殢雨。未肯即休。但見。

一箇玉臂忙摇。一箇柳腰款擺。雙睛噴火。星眼郎當。一箇汗浹胸膛。發很要贏三五陣。一箇香消粉黛。呻吟叫𣫍數千聲。戰良久。靈龜深入性偏剛。闘𣫍多時。一股清泉往裡邈。幾番鏖戰烟蘭妓。不似今番這一遭。

須臾事畢。各整衣衫。經濟見天色晚來。與金寶作別。與了金寶一兩銀子。與了陳三兒三百文銅錢。囑付姐姐。我常來看你。咱在這搭兒裡相會。你若想我。使陳三兒叫我去。下樓來。又打發了店主人謝三郎。三錢銀子酒錢。經濟回廟中去了。這馮金寶送至橋邊方回。正是盻穿秋水因錢鈔。哭損花容爲鄧通。畢竟未知如何。且聽下回分解。

金瓶梅　第九十四回　大酒樓劉二撒潑

聯經出版事業公司
景印版

酒家店雪娥為娼

第九十四回

劉二醉毆陳經濟　酒家店雪娥爲娼

花開不擇貧家地　月照山河到處明
世間只有人心歹　萬事還教天養人
癡聾瘖瘂家豪富　伶俐聰明却受貧
年月日時該載定　筭來由命不由人

話說陳經濟自從陳三兒引到謝家大酒樓上。見了馮金寶。兩箇又抅搭上前情。往後没三日不和他相會。或一日經濟廟中有事不去。金寶就使陳三兒稍寄物事。或寫情書來叫他去。一次或五錢。或一兩。以後日間供其柴米。納其房錢。歸到廟中。便臉紅。任道士問他何處吃酒來。經濟只說在米舖和夥計暢飲三盃解辛苦來。他師兄金宗明。又替他遮掩。晚夕和他一處盤弄那勾當。是不必說。朝來暮往。把任道士囊篋中。細軟的本也抵盜出大半。花費了不知覺。一日也是合當有事。這酒家店的劉二。有名坐地虎。他是帥府周守備府中。親隨張勝的小舅子。專一在馬頭上開娼店。倚強凌弱。舉放私債。與巢窩中各娼使錢。加三討利。有一不給。搗換文書。將利作本。利上加利。嗜酒行兇。人不敢惹他。就是打粉頭的班頭。欺酒客的領袖。因見陳經濟。是晏公廟任道士的徒弟。白臉小厮。在謝三家大酒樓上。把粉頭鄭金寶兒包占住了。吃的楞楞睜睜。提着碗果大小拳頭。走來謝家樓下。問金寶在那裡。慌的謝三郎連忙聲喏說道。劉二叔。他在樓上第二箇閣兒裡便是。這劉二大扠步上樓來。經濟正與金寶在閣兒裡面兩箇飲酒。做一處快活。只把房門關閉。外邊簾子掛着。被劉二一把手扯下簾子。大叫金寶兒出來。諕的陳經濟鼻口內氣兒也不敢出。這劉二用腳把門踢開。金寶兒只得出來相見。說劉二叔叔有何說話。劉二罵道賊淫婦。你少我三箇月房錢。却躲在這裡。就不去了。金寶笑嘻嘻說道。二叔叔你家去。我使媽媽就送房錢來。被劉二只摟心一拳。打了老婆一交。把頭顱搶在堦沿下。磕破。血流滿地。罵道賊淫婦。還等甚送來。我如今就要看見陳經濟在裡面。走向前把卓子只一掀。碟兒打得粉碎。那經濟便道。阿呀。你是甚麼人。走來撒野。劉二罵道。我合你道士秫秫娘。手採過頭髮來。按在地下。拳踵腳踢無數。那樓上吃酒的人。看着都立睜了。店主人謝三郎

初時見劉二醉了。不敢惹他。次後見打得人不像模樣。上樓來
解勸說道。劉二叔。你老人家息怒。他不曉得你老人家大名。悮
言冲撞。休要和他一般見識。看小人薄面。饒他去罷。這劉二那
裡依從。儘力把經濟打了發昏章第十一。叫將地方保甲。一條
繩子。連粉頭都拴在一處。墩鎖。分付天明早解到老爺府裡去。
原來守備勑書上命他保障地方。巡捕盜賊。兼管河道。這裡拏
了經濟。任道士廟中。還尚不知。只說他晚夕米鋪中上宿未回。
却說次日地方保甲。巡河快手。押解經濟金寶。顧頭口騎上趕
清晨早。到府前伺候。先遞手本與兩箇管事。張勝李安。看看說
是劉二叔地方喧鬧。一起晏公廟道士一名陳經濟。娼婦鄭金
寶。衆軍牢都問他要錢。說道。俺們是廳上動刑的。一班十二人

隨你罷。正景兩位管事的。你倒不可輕視了他。經濟道。身邊銀錢倒有。都被夜晚劉二打我時。被人掏摸的去了。身上衣服都扯碎了。那得錢來。止有頭上關頂一根銀簪兒。拔下來與二位管事的罷。衆牢子拏着那根簪子。走來對張勝李安。如此這般他一箇錢兒不拏出來。止與了這根簪兒。還是閙銀的。張勝道。你呌他近前。等我審問他。衆軍牢不一時。推擁他到根前跪下。問你是任道士第幾箇徒弟。經濟道。第三箇徒弟。又問你今年都大年紀。經濟道。廿四歲了。張勝道。你這等年少。只這在廟中做道士。習學經典。許你在外宿娼飲酒。喧嚷。你把俺老爺帥府衙門當甚麽些小衙門。不拏了錢兒來。這根簪子。打水不渾。要他做甚。還掠與他去。分付牢子。等住回老爺升廳。把他放在頭

一起。眼看這狗男女道士。就是箇倖錢的。只許你白要四方施
主錢糧。休說你爲官事。你就來吃酒赴席。也帶方汗巾兒揩嘴。
等動刑時。着實加力栲打這厮。又把鄭金寶𠮟上去。鄭家有志
八跟着。上下打發了三四兩銀子。張勝說。你係娼門。不過趁熟。
不是些衣飯爲生。沒甚大事。看老爺喜怒不同。看惱只是一兩
栲子。若喜懽。只恁放出來也不止。旁邊那箇牢子說。你再把與
我一錢銀子。等若栲你。待我饒你兩箇大指頭。李安分付。你帶
他遠些伺候。老爺將次出廳。不一時只見裡面雲板響。守備升
廳。兩邊僚掾軍牢森列。甚是齊整。但見。

緋羅繳壁。紫綬卓圍。當廳額掛茜羅。四下簾垂翡翠。勘官守
正。戒石上刻御製四行。人從謹嚴。鹿角旁插令旗兩面。軍牢

沉重僚。掾威儀。執大棍授事。立堦前。挾文書廳旁聽發放。雖然一路帥臣。果是滿堂神道。

當時沒巧不成話。也是五百劫寃家聚會。姻緣合當湊着。春梅在府中。從去歲八月間。已生了箇哥兒小衙內。今方半歲光景。貌如冠玉。唇若塗硃。守備喜似席上之珍。過如無價之寶。未幾大奶奶下世。守備就把春梅册正。做了夫人。就住着五間正房。買了兩箇養娘抱妳哥兒。一名玉堂。一名金匱。兩箇小丫鬟伏侍。一箇名喚翠花。一箇名喚蘭花。又有兩箇身邊得寵彈唱的姐兒。都十六七歲。一名海棠。一名月桂。都在春梅房中侍奉。那孫二娘房中。止使着一箇丫鬟。名喚荷花兒。不在話下。比的小衙內。只要張勝懷中抱。他外邊頑耍。遇着守備升廳。在旁邊觀看當日守備升廳坐下。放了告牌出去。各地方解進人來。頭一起正叫上陳經濟并娼婦鄭金寶兒去。守備看了呈狀。又見經濟面上帶傷。說道。你這廝是箇道士。不守那清規。如何宿娼飲酒。騷擾我地方。行止有虧。左右拏下去。打二十棍。追了度牒還俗。那娼婦鄭氏。拶一拶。敲五十敲。責令歸院當差。兩邊軍牢向前。纔待扯翻經濟。攤去衣服。用繩索綁起。轉起棍來。兩邊招呼打時。可要作怪。張勝抱着小衙內。正在廳前月臺上站立觀看。那小衙內看見。走過來打經濟在懷裡。攔不住撲着要經濟抱張勝恐怕守備看見。走過來。亦發大哭起來。直哭到後邊春梅根前。春梅問他怎的哭。張勝便說。老爺廳上發放事。打那晏公廟道士姓陳。他就撲着他抱。小的走下來。他就哭了。這春梅聽見是姓陳的。不免輕移蓮步。欵蹙湘裙。走到軟屏後面。探頭觀覷。廳下打的那人。聲音模樣。倒好似陳姐夫一般。他因何出家做了道士。又叫過張勝問他。此人姓甚名誰。張勝道。這道士供狀上。年廿四歲。俗名叫陳經濟。春梅暗道。正是他了。一面使張勝請下你老爺來。這守備廳上打經濟。纔打到十棍。一邊還桚着娼的。忽聽後邊夫人有請。分付牢子把棍且閣住。休打。一面走下廳來。春梅說道。你打的那道士是我姑表兄弟。看奴面上。饒了他罷。守備道。夫人不早說。我已打了他十棍。怎生奈何。一面出來分付牢子。都與我放了。娼的便歸院去了。守備悄悄使張勝叫那道士回來。且休去。問了你奶奶。請他相見。這春梅纔待使張勝請他到後堂相見。忽然想起一件事來。口中不言。心

內暗道。剜去眼前瘡。安上心頭肉。眼前瘡不去。心頭肉。如何安
得上。于是分付張勝。你且吽那人去着。等我慢慢再吽他度牒
也不曾追。這陳經濟打了十棍。出離了守備府。還奔來晏公廟。
不想任道士。聽見人來說。你那徒弟陳宗美。在大酒樓上。包着
娼的鄭金寶兒。惹了酒家店坐地虎劉二。打得臭死。連老婆都
拴了。解到守備府裡去了。行止有虧。便差軍牢來拏你去審問。
追度牒還官。這任道士聽了。一者年老的着了驚怕。二來身軀
胖大。因打開囊篋內。又沒了細軟東西。着了口重氣。心中疾湧
上來。昏倒在地。衆徒弟慌忙向前扶救。請將醫者來灌下藥去。
通不省人事。到半夜嗚呼。斷氣身亡。亡年六十三歲。第二日陳
經濟來到。左邊隣人說。你還敢廟裡去。你師父因為你。如此這

般得了口重氣。昨夜三更鼓死了。這經濟聽了。諕的忙忙似喪家之犬。急急如漏網之魚。復回清河縣城中來。正是鹿隨鄭相應難辦。蝶化莊周未可知。話分兩頭。却把春梅一見經濟。方待留他。忽然心上想起一件事來。還使出張勝來。教經濟且去罷。走歸房中。摘了冠兒。脫了綉服。倒在床上。一面捫心搥被。聲疼叫喚起來。諕的合宅大小都慌了。下房孫二娘來問道。大奶奶行好好的。怎的來就不好起來。春梅說你每且去。休管我。落後守備退廳進來。見他倘在床上叫。一番也慌了。扯着他手兒問道。你心裡怎的來。也不言語。又問那箇惹着你來。也不做聲。守備道。不剛纔兒我打了你兄弟。你心內惱麼。亦不應答。這守備無計奈何。自出外邊麼犯起張勝李安來了。你那兩箇。早知他

是你奶奶兄弟。如何不早對我說。却教我打了他十下。惹的你
奶奶心中不自在起來。我曾教你留下他。請你奶奶相見。你如
何又放他去了。你這廝每却討分曉。張勝說。小的曾禀過奶奶。
來。奶奶說。且教他去着。小的纔放他去了。一面走入房中。哭啼
哀告春梅。望乞奶奶在爺前。方便一言。不然爺要見責小的每
哩。這春梅睜圓星眼。剔起蛾眉。叫過守備近前說。我自心中不
好。干他們甚事。那廝他不守本分。在外邊做道士。且崇他些時。
等我慢慢招認他。這守備纔不麻犯張勝李安了。守備見他只
歷聲喚。又使張勝請下醫官來看脉。說老夫人染了六慾七情
之病。着了重氣在心。討將藥來又不吃。都放冷了。丫頭每都不
敢向前說話。請將守備來看着吃藥。只呷了一口。就不吃了。守

備出去了。大丫鬟月桂拏過藥來。請奶奶吃藥。被春梅拏過來。匹臉只一潑。罵道。賊浪奴才。你只顧拏這苦水來灌我怎的。我肚子裏有甚麼。教他跪在面前。孫二娘走來問道。月桂怎的。奶奶教他跪着。海棠道。奶奶因他拏藥與奶奶吃來。奶奶說我肚子裏有甚麼。這月來灌我。教他跪着。孫二娘道。奶奶你委的今一日没曾吃甚麼。這月桂他不曉得。奶奶休打他。看我面上。饒他這遭罷。分付海棠。你往廚下熬些粥兒來。與你奶奶吃口兒。春梅于是把月桂放起來。那海棠走到廚下。用心用意。熬了一小鍋粳小米濃濃的粥兒。定了四碟小菜兒。用甌兒盛着。象牙快兒。熱烘烘拿到房中。春梅倘在床上。面朝裏睡。又不敢叫。直待他番身。方纔請他有箇粥兒在此。請奶奶吃粥。春梅把眼合着。不言語。海棠又叫道。粥晾冷了。請奶奶起來吃粥。孫二娘在旁說道。大奶奶你這半日沒吃甚麼。這回你覺好些些。且起來吃些些箇。有枉餓些些。那春梅一砧碌子。扒起來教妳子拏過燈來。取粥在手。只呷了一口。往地下只一推。早是不曽把家伙打碎。被妳子接住了。就大吆喝起來。向孫二娘說。你平白叫我起來吃粥。你看賊奴才。熬的好粥。我又不坐月子。熬這照靣湯來與我吃怎麼。分付妳子金匱。你與我把這奴才臉上。把與他四箇嘴巴。當下眞箇把海棠打了四箇嘴巴。孫二娘便道。奶奶你不吃粥。却吃些甚麼兒。却不餓着你。春梅道。你教我吃。我心內攔着吃不下去。良久。叫過小丫鬟蘭花兒來。分付道。我心內想些鷄尖湯兒吃。你去厨房內。對着淫婦奴才。教他洗手。做碗好鷄尖

湯兒與我吃口兒教他多有些酸筍做的酸酸辣辣的我吃孫
二娘便說奶奶分付他教雪娥做去你心下想吃的就是藥這
蘭花不敢怠慢走到廚下對雪娥說奶奶教你做鷄尖湯快些
做等着要吃哩原來這鷄尖湯是雛鷄脯翅的尖兒碎切的做
成湯這雪娥一面洗手剔甲旋宰了兩隻小鷄退刷乾净剔選
翅尖用快刀碎切成絲加上椒料葱花芫荽酸筍油醬之類揭
成清湯盛了兩甌兒用紅漆盤兒熱騰騰蘭花拿到房中春梅
燈下看了呷了一口怪叫大罵起來你對那淫婦奴才說去做
的甚麽湯精水寡淡有些甚味你們只教我吃平白教我惹氣
慌的蘭花生怕打連忙走到廚下對雪娥說奶奶嫌湯淡好不
罵哩這雪娥一聲兒不言語忍氣吞聲從新坐鍋又做了一碗

多加了些椒料。香噴噴教蘭花拿到房裡來。春梅又嫌忒鹹了。拏起來照地下只一潑。早是蘭花躲得快。險些兒潑了一身。罵道。你對那奴才說去。他不慣氣做與我吃。這遭做的不好。教他討分曉哩。這雪娥聽見。千不合。萬不合。悄悄說了一句。姐姐幾時這般大了。就抖摟起人來。不想蘭花回到房裡。告春梅說了。這春梅不聽便罷。聽了此言。登時柳眉剔竪。星眼圓睜。咬碎銀牙。通紅了粉面。大叫與我採將那淫婦奴才來。須臾使了養娘丫鬟。三四箇。登時把雪娥拉到房中。春梅氣狠狠的。一手扯住他頭髮。把頭上冠子踩了。罵道。淫婦奴才。你怎的說幾時這般大。不是你西門慶家擡舉的我這般大。我買將你來。伏侍我。你不慣氣教你做口子湯。不是精淡。就是苦了丁子鹹。你倒還對着丫頭說。我幾時恁般大起來。摟搜索落我要你何用。一面請將守備來。採雪娥出去當天井跪着。前邊叫將張勝李安。旋剝褪去衣裳。打三十大棍。兩邊家人點起明晃晃燈籠。張勝李安各執大棍伺候。那雪娥只是不肯脫衣裳。守備恐怕氣了他。在根前不敢言語。孫二娘在旁邊再三勸道。隨大奶奶分付打他多少。免褪他小衣罷。不爭對着下人脫去他衣裳。他爺躰面上不好看的。只望奶奶高擡貴手。委的他的不是了。春梅不肯。定要去他衣服打。說道。那箇攔我。我把孩子先摔殺了。然後我也一條繩子。吊死就是了。留着他便是了。于是也不打了。一頭撞倒在地。就直挺挺的昏迷。不省人事。守備諕的連忙扶起說道。隨你打罷。沒的氣着你。當下可憐把這孫雪娥。拖番在地。褪去衣服。打了三十大棍。打的皮開肉綻。一面使小牢子。半夜叫將薛嫂兒來。即時罄身出去辦賣。春梅把薛嫂兒叫在背地分付。我只要八兩銀子。將這淫婦奴才。好歹與我賣在娼門。隨你轉多少。我不管你。你若賣在別處。我打聽出來。只休要見我。那薛嫂兒道。我靠那裡過日子。却不依你說。當夜領了雪娥來家。那雪娥悲悲切切。整哭到天明。薛嫂便勸道。你休哭了。也是你的晦氣。寃家撞在一處。老爺見你到罷了。只恨你與他有些舊仇舊恨。折挫你。那老爺也做不得主兒。見他有孩子。須也依隨他。正景下邊孫二娘。不讓他幾分。常言拐米倒做了倉官。說不的了。你休氣哭。雪娥收淚謝薛嫂。只望早晚尋箇好頭腦我去。自有飯吃罷。薛嫂道。他千萬分付。只教我把你送在娼門。我養兒養女。也要天理。等我替你尋箇单夫獨妻。或嫁箇小本經紀人家。養活得你來也。那雪娥千恩萬福。謝了薛嫂。過了兩日。只見隣住一箇開店張媽。走來叫薛媽。你這壁廂有甚娘子。怎的哭的悲切。薛嫂便道。張媽。請進來坐。說道。便是這位娘子。他是大人家出來的。因和大娘子合不着。打發出來。在我這裡嫁人。情愿箇单夫獨妻。免得惹氣。張媽媽道。我那邊下着一箇山東賣綿花客人。姓潘。排行第五。年三十七歲。幾車花果。常在老身家安下。前日說他家有箇老母有病。七十多歲。死了渾家半年光景。沒人扶侍。再三和我說。替他保頭親事。並無相巧的。我看來這位娘子。年紀到相當。嫁與他做箇娘子罷。薛嫂道。不瞞你老人家說。這位娘子。大人出身。不拘粗細都做的。針指女工。鍋頭灶腦。自不必說。又做的好湯水。今纔三十五歲。本家只要三十兩銀子。倒好保與他罷。張媽媽道。有箱籠沒有。薛嫂道。止是他隨身衣服。簪環之類。並無箱籠。張媽媽道。既是如此。老身回去。對那人說。教他自家來看一看。說畢。吃茶坐回去了。晚夕對那人說了。次日飯罷以後。果然領那人來相看。一看見了雪娥。好模樣兒年小。一口就還了二十五兩。另外與薛嫂一兩媒人錢。薛嫂也沒曾競。就兌了銀子。寫了文書。晚夕過去。次日就上車起身。薛嫂教人改換了文書。只兌了八兩銀子。交到府中春梅收了。只說賣與娼門去了。那人娶雪娥到張媽媽家。止過得一夜。到第二日五更時分。謝了張媽媽。作別上了車。逕到臨清去了。此是六月天氣。日子長。到馬頭上。纔日西時分。到于酒家店。那裡有百十間房子。都下着各處遠方來的。窠子衙衖娼的。這雪娥一領進入一箇門戶。半問房子裡面。打着土炕。炕上坐着箇五六十歲的婆子。還有箇十七八頂老丫頭。打着盤頭。揸頭抹着鉛粉紅唇。穿着一弄兒軟絹衣服。在炕邊上彈弄琵琶。這雪娥看見。只叫得苦。纔知道那漢子潘五。是箇水客。買他來做粉頭。起了他箇名兒。叫玉兒。這小妮子名喚金兒。每日拏厮鑼兒出去。酒樓上接客。供唱。做這道路營生。這潘五進門不問長短。把雪娥先打了一頓。睡了兩日。只與他兩碗飯吃。教他樂器。學彈唱。學不會又打。打得身青紅遍了。引上道兒。方與他好衣穿。粧點打扮。門前站立。倚門獻笑。眉目嘲人。正是遺蹤堪入時人眼。不買胭脂畫丹青。有詩為證。

窮途無奔更無投　南去北來休便休
一夜彩雲何處散　夢隨明月到青樓

這雪娥在酒家店。也是天假其便。一日張勝。被守備差遣。往河下買幾十石酒麯。宅中造酒。這酒家店坐地虎劉二。看見他姐夫來。連忙打掃酒樓乾浄。在上等閣兒裡。安排酒殽。盃盤。各樣時新果品。好酒活魚。請張勝坐在上面。飲酒。酒博士保兒篩酒。近前跪下。禀問二叔。下邊叫那幾箇唱的上來。遞酒。劉二分付。叫王家老姐兒。趙家嬌兒。潘家金兒玉兒。四箇上來。伏侍你張姑夫。酒博士保兒應諾下樓。不多時。只聽得胡梯畔笑聲兒。一般兒四箇唱的。頂老打扮得如花似朶。都穿着輕紗軟絹衣裳。上的樓來。望下一面花枝招颭。繡帶飄飄。拜了四拜。立在旁邊這張勝猛睜眼觀看。內中一箇粉頭。可要作怪。到相老爺宅裡。小奶奶打發出來。厨下做飯的那雪娥娘子。他如何做這道路。在這裡。那雪娥亦眉眼掃見。是張勝。都不做聲。這張勝便問劉二。那箇粉頭是誰家的。劉二道。不瞞姐夫。他是潘五屋裏玉兒金兒。這箇是王老姐。一箇是趙嬌兒。張勝道。王老姐兒。我認的。這潘家玉兒。我有些眼熟。因叫他近前。悄悄問他。你莫不是老爺宅裡。雪姑娘麽。怎生到于此處。那雪娥聽見他問。便簌地兩行淚下。便道。一言難盡。如此這般。具說一遍。被薛嫂攛瞞。把我賣了二十五兩銀子。賣在這裡供筵習唱。接客迎人。這張勝平昔見他生的好。纔是懷心。這雪娥席前慇懃勸酒。兩箇說得入港。雪娥和金兒。不免拏過琵琶來。唱了箇詞兒。與張勝下酒。名四塊金。

前生想着少欠下他相思債。中途洋却綰不住同心帶。說着教我淚滿腮。悶來愁似海。萬誓千盟到今何在。不良才。怎生消磨了。我許多時恩愛

當下唱畢。彼此穿盃換盞。倚翠偎紅。吃得酒濃時。常言。世財紅粉歌樓酒。誰爲三般事不迷。這張勝就把雪娥來愛了。兩箇晚夕。留在閣兒裡就一處睡了。這雪娥枕邊風月。耳畔山盟。和張勝儘力盤桓。如魚似水。百般難述。次日起來梳洗了頭面。劉二又早安排酒殽上來。與他姐夫扶頭。大盤大碗。饕食一頓。收起行裴。喂飽頭口。裝載米麵。伴當跟隨。臨出門與了雪娥三兩銀子。分付劉二。好生看顧他。休教人欺負。自此以後。張勝但來河

下。就在酒家店與雪娥相會。往後走來走去。每月與潘五幾兩銀子。就包住了他。不許接人。那劉二自恁要圖他姐夫歡喜。連房錢也不問他要了。各窠窩刮刷將來。替張勝出包錢。包定雪娥柴米來。有詩爲証。

豈料當年縱意爲　貪淫倚勢把心欺
禍不尋人人自取　色不迷人人自迷

畢竟未知後來如何且聽下回分解